ココロドリップ2

kokoro drip

自由が丘、カフェ六分儀で会いましょう

中村 一

HAJIME NAKAMURA

そのカフェには、一風変わった飾り棚がある。

店内で最も広い壁面《へきめん》に取り付けられているのは、なんの変哲もないオーク材の棚板だ。

しかし、その上に並んでいるのは、観葉《かんよう》植物や、ありきたりなインテリアではない。

例えば、光沢《こうたく》のあるキャップが美しい万年筆。例えば、紙でできた精巧なクラフトハウス。牛革の手帳、文字盤《もじばん》のガラスにヒビが入った腕時計《うでどけい》……。はっきり言って、統一感は皆無だ。そもそも、これらはカフェの所有物ではない。

ここに並んでいるものは全《すべ》て、〝贈《おく》り物《もの》〟である。

けれども、宛名《あてな》がない。

つまりそれは、誰《だれ》のものでもないし、誰のものでもある、ということ。

カフェを訪れた人間はこの飾り棚を見て、なにか気に入った物があれば持ち帰ることができる。『誰かが自分のために用意してくれた贈り物』として。

ただし、ひとつだけ、暗黙《あんもく》のルールがある。

贈り物を受け取った人間は、それと同じくらい価値がある物を、別の誰かへの贈り物として、飾り棚に残さなければならない。

金銭的、社会的な価値ではない、その人自身の価値基準による、〝等価交換〟だ。

そうしてカフェの飾り棚にはいつでも贈り物が、物にまつわる想《おも》いが、もの言わず並んでいる。


このカフェは、待合室なのだ。

贈り物は人との出会いを待ち、人は贈り物との出会いを待つ。

そして、ときには贈り物が、人と人とを繋《つな》ぐ。


『カフェ六分儀《ろくぶんぎ》』。

少々変わった名前のその店は、東京《とうきょう》・自由《じゆう》が丘《おか》、熊野《くまの》神社《じんじゃ》参道脇《わき》の路地に、今日《きょう》もひっそりと佇《たたず》んでいる。

— kokoro drip —

第1話
スパイス・メモリ

「あ……、流れ星」

彼女は自宅で、机に肘《ひじ》をついて窓の外を眺めていた。頭痛がひどくベッドで横になっていたが、なかなか眠れないので起き出して、ここに座っていたのだ。部屋《へや》の電気は消していたので、夜空を滑るその微《かす》かな光の軌跡を偶然に見つけることができた。

「へへ、教えてやろっかな」

彼女はほとんど反射的に、机の上に置いたケータイに手を伸ばした。そこで、手が止まる。

「あ、……つっ」

突然、ひどい頭痛の波が来て、彼女はケータイを取り落とした。机に額《ひたい》を押し付けて両目をきつく閉じ、浅い息をしながら痛みが引くのを待つ。永遠にも思える長い時間が過ぎ、ようやく彼女は頭を上げて動くことができるようになった。ゆるゆるとした動作でベッドに戻り、サイドテーブルにあった水を少し飲む。そして再び、横になった。

「うち……、誰に……」

誰に、なにを教えようとしたのだろう。ずきんと頭の奥が軋《きし》んで、彼女は苦痛に顔を歪《ゆが》めた。深呼吸をして、涙が滲《にじ》んだ目をうっすらと開くと、床に落ちた二つ折りのケータイが見えた。友人からはスマホにすることをしきりに勧められるが、使いこなせるとは思えないし、自分にはあのケータイで十分なのだ。

しかし今は、必要のない時は電源を切っている。数ヶ月前、ケータイのアドレス帳に登録《とうろく》のない見知らぬ相手から、突然、気味の悪いメッセージが送られてくるようになったからだ。

『怪しい者じゃない』、『会いたい』、『話を聞いて欲しい』……。

四六時中、というわけではない。でも、完全に途絶《とだ》えることはなく、どんなに間隔が開いた時でも一週間に一度は送られてくるのだ。家族や友人に相談《そうだん》しても、ただの迷惑メールだろう、と言うだけで、まともに取り合ってくれない。確《たし》かに、それ以外でつきまといや嫌《いや》がらせなど、いわゆるストーカー被害を受けているわけではないのだ。メールをブロックしてしまえば済む話なのだが、ある理由から、彼女はそれをできずにいる。

痛む頭を庇《かば》いながらベッドのなかで寝返りを打った時、右手になにかが触れた。目を開けると、そこにあったのは一冊の手帳だ。ぱらぱらとページをめくると、ちょっとしたスケッチや、言葉の切れ端などが思いつくままに書き込まれている。彼女はすうっと短く息を吸い込むと、目を細めて恐る恐る、とあるページを開いた。

そこには、喫茶店の店内がスケッチされている。L字型カウンターに並ぶ様々な珈《コー》琲《ヒー》器具。壁《かべ》にはなぜか、数え切れないほどのお面がかけられている。スケッチの余白には『サロン。お面。ギネス』そして『遥《はる》かなるボイジャー』と走り書きしてある。右下には、『20XX.07.14』の日付。

「……やっぱり、うちの字」

彼女には理解できなかった。どうして手帳のこのページだけ、描《か》いた記《き》憶《おく》がないのか。間違いなく自分の絵であり字なのに、内容に覚えがなく、何度見ても思い出せないのだ。

初めてこのページの存在に気付いた時に感じたのは、僅《わず》かな違和感でしかなかった。彼女は一日に少なくとも一ページ、多い時では五ページ、なんらかのメモやスケッチを残す。全てのページが埋まった同じ型の手帳は既に十冊近くある。だからこのページを見つけた時も、記憶の海に紛れたシーンの断片でしかないと思っていた。

あのメッセージが、届くまでは。

彼女はゆっくりとした動作でもう一度ベッドから降りて、ケータイを拾った。そして、受信メールを表示させる。見知らぬ相手から届いたメールの履歴《りれき》を遡《さかのぼ》り、ひとつのメッセージを表示させた。そこには短く、こう表示されている。

『遥かなるボイジャーへ。……通信はもう、途絶した？』

＊　＊　＊　＊

四月第二週、日曜日《にちようび》。

吉川知磨《よしかわちま》はバイト先であるカフェ六分儀へ向かうため、自由《じゆう》が丘駅《おかえき》に降り立った。

今日はオープンからではなく、ランチタイム前からのシフトだ。今の時刻は十二時前、正面口改札を出ると、既にたくさんの人でロータリー付近は賑《にぎ》わっていた。

知磨の出《い》で立《た》ちは、春らしいパステルカラーのパールつきブラウスに、小花柄のフレアスカート。足元にはベロア素材のヒールパンプスを合わせている。顔は手抜きを感じさせないナチュラルメイクで、明るい色の髪は肩のあたりでふんわりと緩《ゆる》くまとめられている。

知磨は立ち止まり、大きく深呼吸すると、春の陽気と楽しげな街のざわめきを一緒《いっしょ》に胸に吸い込んだ。そして、どこか満ち足りた気分で一歩を踏み出す。

「あの、すみませんけどネ……」

ちょうどその時、横ざまから声をかけられて、知磨は慌てて足を止めた。

「はい？」

見れば、腰の曲がった老婆が杖《つえ》をついて、知磨を見上げている。

「あのネ、知り合いが店をやってるから訪ねようと思って来たんだがネ、どっちへいけばいいのか分からなくて。……あんた、知ってるかい？」

老婆は耳が遠いのか、声が大きい。知磨は少しばかり身をかがめて、老婆の耳に顔を近付けた。

「えっと、なんのお店でしょう？」

「んー？　あぁ、なんたらかんたらって、占いの店でネ」

「う、占いですか」

知磨は必死に記憶を探ってみたが、有益な情報には思い至らなかった。残念ながら、自分の守備範囲《はんい》外《がい》だ。それに知磨は、この街の住人というわけではない。あくまで週末だけ自由が丘で働いている、一介の女子大生に過ぎないのだ。

「ごめんなさい。私じゃ分からないんですが、そこに交番がありますから……」

そう言って、券売機《けんばいき》の向こうを指差す。老婆が目を白黒させて、そちらを見た。知磨はなんだか情けない気持ちになったが、せめて交番までは連れていってあげようと、老婆の背中にそっと手を添える。ちょうど、その時だった。

「こんにちは！　なにかお困りですか？　もしよろしければ、お手伝《てつだ》いしますよ」

驚《おどろ》いた知磨が顔を上げると、華やかな制服を身にまとった女の子が立っていた。白いブラウスに臙脂色《えんじいろ》のネクタイ、ベージュのベストに帽子を被《かぶ》り、手には、たくさんの付箋《ふせん》やインデックスのついたファイルを携えている。

「自由が丘コンシェルジュです！　この街のご案内をしてます」

はきはきと喋《しゃべ》る制服の女の子が笑うと、チャーミングな白い八重歯がのぞいた。

「あっ、えっと……。こちらのお婆《ばあ》さんが、占いのお店を探しているみたいで……」

知磨は驚きつつも、事情を説明する。女の子は老婆に二、三の質問をすると、すぐに目当ての店に見当がついたようだ。

「まかせて！」

ぱっと笑顔《えがお》の花を咲かせると、彼女は手元のファイルを開いた。コピー用紙に印刷された白地図を一枚取り出し、続けて、革のショルダーポーチから赤いボールペンを抜き取ると、白地図に書き込み始めた。

「今いるのが、この場所！　銀行の角を曲がってまっすぐいくと踏切があるので、線路《せんろ》を渡ります。コンビニを通り過ぎて、左手に見える青い壁の建物、それがお探しの店だと思います！　壁に天使の絵が描かれてますから、分かりやすいですよ。……あっ、おばーちゃん、よかったら、ご一緒しましょうか？」

　老婆は手渡された地図を眺めていたが、やがて顔をくしゃくしゃにして笑った。

「いんや。これがありゃ、自分でいけそうだよ。……お嬢《じょう》さんがた、ありがとさんよ」

「どういたしまして！　どうぞお気をつけて。またなにかあれば、他《ほか》のコンシェルジュにも、お気軽に声をかけてくださいね」

　女の子は元気良くお辞儀《じぎ》をすると、笑顔で老婆を見送った。

「……すごいですね。ちょっと話を聞いただけで、どのお店か分かるなんて」

　知磨が呆気《あっけ》に取られてそう言うと、女の子は少し恥ずかしそうに笑った。肩口で切《き》り揃《そろ》えられた髪が可愛《かわい》らしく揺れる。

「ありがとうございます。『スマホに負けないご案内』を目指してますから！」

「自由が丘の……、コンシェルジュさん、なんですか？」

「はい。別名〝セザンジュ〟です！」

「せざんじゅ？」

　疑問符を浮かべる知磨を見て、女の子がぱっと笑顔を浮かべた。

「フランス語で『Ses Anges』！　〝彼女の天使たち〟って意味です。それでですね、〝彼女〟っていうのは？」

　女の子が指差すバスロータリーの方向を見て、思わず知磨の声が大きくなる。

「ひょっとしてあの、女神像のことですか？　わぁ、素敵《すてき》です」

　女の子が嬉《うれ》しそうにぶんぶんと首を縦《たて》に振って、ファイルを両手で胸元に抱える。

　それを見た知磨もなんだか嬉しくなって、もっと彼女のことを知りたいと思った。

「あっ、そうだ。じゃあ、カフェのことなんかも詳しいんですか？　例えば、熊野神社の隣《となり》にある……」

「六分儀？　もちろん！　あそこのカフェオレ、とっても美味《おい》しいですよね。それに、飾り棚があって」

「あ、すごい、正解です」

「あたし、カフェが得意分野なの。暇さえあれば巡ってて、最新情報もバッチリ！　なんでも訊《き》いてください」

　期待に目を輝《かがや》かせる知磨だったが、偶然視界に入った時計を見て、表情を凍らせた。

「あっ、いけない。遅刻しちゃう」

　ひとしきり慌ててから、知磨は女の子に向かってぺこりと頭を下げた。

「助けて頂いてありがとうございました。すみません、バイトの時間なので、失礼します。また今度、お話聞かせてください」

「はい、お気をつけて！　あたし、来週の同じ時間もここにいるので！」

八重歯の彼女に爽《さわ》やかな笑顔で見送られ、知磨は後ろ髪を引かれる思いを振り切って駆け出した。

普段《ふだん》は自由《じゆう》が丘《おか》デパートのなかを通って春川珈琲《はるかわコーヒー》に寄り、綾香《あやか》や純《じゆん》といった顔見知りに挨拶《あいさつ》するのだが、今日は残念ながらそんな余裕はない。知磨は人通りの少ない路地を選んで北上し、ヒルサイドストリートに出た。石造りの鳥居をくぐり、参道を逸《そ》れて右手の小径《こみち》へと入る。するとその店が、不意に姿を現すのだ。

『カフェ六分儀』

入り口ドアの上部に取り付けられたシックなプレートに、店名が刻まれている。

外観《がいかん》は少し大きめの一軒家。二階部分は普通の住居だが、一階部分が店舗《てんぽ》になっていて、観葉植物の鉢と、メニューボードを載せたイーゼルが店先に並んでいる。

知磨は躊躇《ちゆうちよ》することなくドアを開き、店内に滑り込んだ。

カウンター席が五つに、大小のテーブル席が六つ。深いブラウンを基調《きちよう》とした、アンティークな内装。カフェよりも『喫茶店』と呼ぶほうがしっくり来るような、落ち着いた佇まいが広がっている。

カウンター席の右端に陣取り、背を向けたままノートPCのキータッチを続けていた男が、手を止めて立ち上がった。上下白のシェフスタイルで、短めの黒髪に、少し吊《つ》り上がった両目が特徴的な彼の名は、綱島拓《つなしまたく》。この店の調理担当で、じつは作家でもある。

平均よりも背の高い拓が、平均より小柄な知磨を見下ろす。その構図は、大人《おとな》と子どものように、見えなくもない。

「『人助けをしていて、遅くなりました』って、顔に書いてあるな」

「……えっ、拓さん、なんで分か」

驚きを隠せない知磨が呟《つぶや》きかけた時、拓の口元にニヒルな笑《え》みが浮かんだ。

「いや待てよ。『宇宙人に連れ去られて人体実験《じっけん》されてました』にも見えるな。お前の場合、どっちもありえそうだ。……まぁ、なんにせよ」

拓は言葉を切って、壁の時計をちらりと見た。

「遅刻には変わりない」

「……ほんの一瞬《いっしゅん》とはいえ、なにかに期待してしまった自分に腹が立ちますね」

少しむくれたような顔でそっぽを向いた知磨だったが、拓に向き直るとぺこりと頭を下げた。

「言い訳はしません。遅れてすみませんでした」

いつものように小生意気な反論《はんろん》が飛んでくるかと思っていたら、知磨が素直に自分の非を認めたので、拓は拍子抜けしてしまった。彼が少しあごを引いたところで、ちょうど控え室のドアが開く。

「おはよう、ちーちゃん」

ホールに入ってきたのは、こちらも長身の男性だ。少しやせているが、肩幅は広い。ボタンダウンシャツにチノパン、腰にはギャルソン風の黒いエプロンを締《し》めている。きちんとセットされた柔らかそうな髪は、見る者に清潔感《せいけつかん》を抱かせる。長めの睫毛《まつげ》がかかる優《やさ》しそうな両目には、凪《な》いだ水面のような、底知れぬ透明感が漂っていた。

彼は祐天寺《ゆうてんじ》日高《ひだか》という名で、ここカフェ六分儀のマスターである。この店が提供する珈琲は、生豆《きまめ》の選定、焙煎《ばいせん》、ブレンド、抽出まで、全て彼ひとりの手によるものだ。

「おはようございます。マスター」

知磨は挨拶を返したが、少し俯《うつむ》きがちだ。拓はといえば、居心地《いごこち》が悪そうに身じろぎしている。それを見て日高はなにかを感じ取ったのか、僅かに首を傾《かし》げてどこか悪《いた》戯《ずら》っぽく、こう呟いた。

「あれ？　どうしたの？　また拓が、ちーちゃんのこと、苛《いじ》めたの？」

「おい日高、それじゃ俺《おれ》が悪いみたいに聞こえるぞ。逆だろうが。明らかに、ちまいのがいつだって、俺を不条理な目に遭わせて……」

「ほんとダメな大人だよね拓は。罰としてお給料減らしとくから。その分ちーちゃんのバイト代に上乗せしよう」

「待てい！　この店の経理を取り仕切ってるのは誰か、言ってみろ！」

思わず声を荒げた拓に、日高はきょとんとした顔をしていたが、やがて『今気付いた』といった風情《ふぜい》で、ぽんと手を打った。

「あぁ、そうだったねぇ。……ほんと、拓はこの店の大黒柱だよね。いつも、ありがとう」

いきなり素直に礼を言われて、拓は拍子抜けしてしまう。普段ならこんなところで、からかいの手を緩める日高ではないのだ。だからこそ拓は思わず口ごもり、視線を彷徨《さまよ》わせてしまった。そんな拓を尻目《しりめ》に、日高はさらに感謝《かんしゃ》の言葉を重ねる。

「六分儀は僕ひとりじゃ、とてもやっていけない。拓が傍《そば》にいて、あれこれ支えてくれるから、僕は安心して珈琲を淹《い》れられるんだよね」

そして最後に、さわやかな笑顔を浮かべた。

「これからもよろしくね、拓。僕が珈琲だけ淹れていればいいように、あれこれいろいろ、助けてね」

「つまり『面倒《めんどう》なことは全部お前がやれ』ってことか……」

「拓さんてば、マスターからの愛の言葉をそんなふうに曲解するなんて、ちょっとありえないですね」

眉《まゆ》をひそめた知磨に、日高が同意する。

「そうだよ。僕はこんなにも拓のことが大好きなのに、ひどいよね。……というわけでやっぱり、お給料減らそう」

「やかましい！」

結局普段となにひとつ変わらないことにようやく気付いて拓は憤慨《ふんがい》したが、日高はにこにこ笑うばかりだ。相変わらずなアラサー男子ふたりのやりとりを見て、知磨は思わず、くすりと笑ってしまった。

「いいんですマスター。私が遅刻してしまったことが原因ですから。すみません」

「遅刻って……、数分でしょ？　そんなことで拓は怒ってたの？　それって拓が、早くちーちゃんに会いたかっただけじゃないの？」

「そんなわけあるか！」

「細かいなぁ、拓は。……いいじゃない、どうせさっきから、全然お客さん来ないんだし。なにが問題なの？」

「だからお前は、この店の経営者としての自覚を持てといつもあれほど！」

　そこで拓は、暴《あば》れる感情と言葉をぐっと飲み込んで、大きく息を吐いた。くるりと背を向け、カウンター席のノートＰＣを閉じる。それを脇に抱えると、傍《かたわ》らに置いてあったキャップを被り、厨房《ちゆうぼう》へと足を向けた。不毛なやり取りはここまで、という意思の表れだろう。

「あっ、拓さん。ひとつだけ、いいですか」

　そんな彼を、知磨が呼び止めた。

「……なんだよ」

　立ち止まり、振り返る。知磨がどこか悲痛な面持《おもも》ちで、両手を胸の前で組んでいる。

「さっきの『宇宙人に連れ去られて』のくだりですけど……、いくらなんでも古すぎます。〝昭和感《しようわかん》〟すごいです。……あの、間違っても、小説で使おうなんて思わないでくださいね？　雰囲気台無しになっちゃいますから。……ほんと、お願《ねが》いします」

　知磨が祈るような目をして、語尾に力を込めた。

「お前に懇願《こんがん》される謂《いわ》れはない！」

心静かに厨房に入るという拓の目標は、泡と消えたのだった。


日高の言葉とは裏腹に、今日のランチタイムはいつになく盛況だった。

熊野神社の周辺は、メインストリートの名を取って『カトレア・ヒルサイドエリア』と呼ばれるのだが、今日はそこで昼食を摂《と》ろうとする人が多かったのかもしれない。

全てのテーブル席が埋まると同時にランチセットのオーダーが立て続けに入り、厨房をまわす拓の負荷が高くなる。知磨は途中から、ホール仕事の分量を減らして日高に任せ、自分は拓のフォローへと軸足を移した。些細《ささい》なことだが、こういった小さな気配りひとつで店全体の仕事がよりスムーズに回ることを、彼女はこの一年間のバイト経験からしっかりと学んでいた。

それから小一時間、まさに目の回るような忙しさで、三人は立ち働いた。

「……いやぁ、急に急がしくなったね。おつかれ、ちーちゃん」

やがてランチタイムのラッシュが過ぎ去り、間隙《かんげき》が訪れた。かにある流しでカップを洗いながら、知磨に声をかける。食器を下げてテーブルを拭《ふ》いてから、知磨がにこりと笑った。ちょうど拓も、あらかた後片付けを終えたのだろた。

う。厨房の入り口まで出てくると、キャップを取って腕組みしながら壁に背中を預け
「マスターと拓さんも、お疲れさまです。無事に乗り切れてよかったです」

「これが平均的な飲食店の姿というものだろ」

ふんと鼻を鳴らした拓は、言葉にこそ出さないが、知磨の臨機応変《りんきおうへん》な仕事ぶりを悪
くは思っていないようである。

「一日じゅう閑古鳥《かんこどり》が鳴いてるようじゃ、この店も本格的におしまいだ」

「でもそのほうが、拓は原稿《げんこう》が捗《はかど》るよね？」

無邪気に笑った日高に、拓がやれやれとため息をついた。

「俺の原稿より、店の売上げを心配しろよ」

そこで知磨が、悪戯っぽく笑った。

「そうですよね。拓さんの場合、たとえ捗ったとしても原稿が丸ごと没になる可能性
が……」

「縁起《えんぎ》でもないこと言うんじゃねぇよ！」

「やだなぁ拓さん、そんな血相変えなくても」

「そうだよ、没になったら、また別のを書けばいいだけじゃない」

軽い調子で「ねぇ？」と頷《うなず》きあう知磨と日高を見て、拓のこめかみに青筋が浮かび、奥歯がギリギリと鳴った。そして目を閉じて、呪詛《じゅそ》の言葉を呟く。

「お前ら一度……、古今東西の作家の怨念《おんねん》に取《と》り憑《つ》かれてしまうがいい……」

しかし日高は、相変わらずどこ吹く風だ。

「それはそうとして。僕はやっぱり、もう少しゆっくり分散してお客さんが来てくれるほうが嬉しいなぁ。できれば珈琲は、ゆっくり心を込めてドリップしたいからね」

「そうですねぇ。私も明るく優雅《ゆうが》に、笑顔を振りまきながらホールで接客したいです。忙しいと必死になっちゃって、いけませんね」

ぺろりと小さく舌を出してから、知磨はなにかを思い出したように、「そういえば」と声を上げた。

「あのですね。今日、私、自由が丘の駅前で、天使に会ったんです」

「……天使だぁ？」

訝《いぶか》る拓に、知磨が口角を上げる。

「はい。女神様に遣《つか》わされた、可愛《かわい》い天使さん」

「ひょっとして、セザンジュ、かな」

「ご存知なんですね、マスター」

「あぁ、コンシェルジュの連中か」

拓も知っているようだ。どうやら知らなかったのは、知磨だけらしい。

日高が優しく教えてくれた。

「設立は五年ほど前かな。東京都の体感治安改善事業っていうのがきっかけになって、自由《じゆう》が丘商店街振興組合《おかしょうてんがいしんこうくみあい》と大学がコラボして企画されたんだって」

「……大学、ですか？」

「この街の、目黒通《めぐろどお》り沿いにキャンパスがあるんだ。セザンジュはみんな、そこの学生さんたちなんだよ。日曜と祝日に、活動してるみたい」

「へぇ、そうなんですね。じゃあ」

「ちーちゃんと同い年くらいの女子大生さんってことだね。話してみたら、仲よくなれるかも。ちょうど、ウチにもときどき来てくれるコがいるから……」

その時である。ドアベルが鳴って、新しい客が来店した。

少しばかり気が緩んでいた知磨は、反射的に背筋を伸ばし、とびきりの笑顔と挨拶で出迎えた。

「いらっしゃいませ。おひとりさまですか？　こちらへどうぞ」

その男性客は日高や拓に並ぶ高身長だが、もっとずっと若い印象を受ける。二十代中盤といったところだろうか。

短く刈った髪はハードワックスで逆立てられ、整《ととの》えられた眉、意思の強そうな目つきと相まって、少しばかり神経質な雰囲気を醸《かも》し出している。

男性客は知磨にエスコートされてテーブル席に座ると、おもむろにメニューを開き、隅から隅までそれを食い入るように見つめている。水とおしぼりを出したところで知磨が少しオーダーを待ってみると、男性客は顔を上げて、こんなことを訊いてきた。

「アレンジコーヒーの種類って、この他には……」

「そのページに載っているものが、基本のメニューになります。ご要望がおありでしたら、仰《おつしや》って頂ければ、店主に伝えますよ」

知磨が笑顔でそう答えると、男性客はふっと笑った。

「そうですか。いえ、いいんです。意外とやってないもんなんだな」

小さく呟いて、それから気を取り直したように、知磨の顔を見た。

「それじゃあ、六分儀ブレンドで」

「はい。かしこまりました」

オーダーを日高に伝えた知磨は、カウンターの脇に立って、男性客をそっと観察する。彼は注文を終えたにもかかわらず、メニューから目を離《はな》さない。何度もそれを目で追って、やはり目当てのものがないことを再確認したのだろう。大きなため息をつくと、メニューをテーブルの端にそっと立てかけた。

日高の手によってドリップされた六分儀ブレンドのカップを給仕して、お盆を両手で胸の前に抱えると、知磨は純粋な興味《きょうみ》から男性に訊いてみた。

「なにか、お探しなんですか？」

「ええ、まぁ。ちょっと……。でも、サロンにしかないメニューなのかな……」

答える男性はどこか上《うわ》の空《そら》だ。知磨の頭のなかで、〝サロン〟という言葉のイメージが曖昧《あいまい》に霧散《むさん》する。

少しだけ待ってみたが、そのメニューがなんなのかは、教えてくれないようだ。引き下がろうとした時、男性が壁際へと目をやって、声の調子を変えて訊いてきた。

「ところで、あの飾り棚に並んでいるのは？」

待ってましたとばかりに、知磨は説明を始めた。

「ぜんぶ、〝贈り物〟なんですよ。気にいったものがあれば、持ち帰ることもできます。ただしひとつ、条件がありますけど」

等価交換の説明を聞いた男性は、少しあごを引いて、目だけを動かして知磨を見た。

「素敵だね。きみはなにか、交換したの？」

その質問を投げかけられたのは、今日が初めてではない。知磨が向けた優しげな視線の先、飾り棚に置かれているのは、淡い水色《みずいろ》のラッピングリボンがかけられた、ちょうどホールケーキくらいの大きさの、クラフトハウスだった。

「はい。紆余《うよ》曲折《きよくせつ》は、あったのですけれど。……〝贈り物〟は、人と人とを繋《つな》いでくれるんです」

知磨を見る男性の目が、眩《まぶ》しそうに細められる。それから手元のカップに揺れる黒い水面へと視線を落とすと、男性はぽつりと言った。

「等価交換のルール、嫌いじゃないな。人生、いいとこ取りはできないから」

しかし、そのあとに続いた囁《ささや》きはあまりに小さく、あまりに重かった。

「でも……。釣り合うものが決してないくらい、大事なものを失《な》くしてしまったとしたら……、どうしたらいいんだろう」

知磨は、言葉を返すことができなかった。ありきたりな言葉を返せるとも思えなかった。だから、男性の囁きが聞こえなかった振りをして話題を変えることは、この場合、決して間違いではないと、自分に言い聞かせた。

「先ほどの……、お探しのメニューには、なにか思い出があるんですか？」

男性は我に返ったように顔を上げると、少し迷った素振りを見せた末に、頷いた。

「いきつけのお店だったんだけど、閉店しちゃったんだ。でも、いろいろあって、諦《あきら》め切れなくて。……似たようなお店か、同じようなメニューを出してるところがないか、あてもなく、ね」

「六分儀……、当店へは、偶然いらしたんですか？」

「教えてもらったんだ。あの……、なんていうのかな、駅前とかにいる、制服を着たコたち」

男性が取り出したのは、コピー用紙に印刷された白地図だ。赤のボールペンで、六分儀と他にもいくつかのカフェの場所がマークされている。

「あ、セザンジュですね」

思わず、知磨の顔がほころぶ。

「私もちょうど今日、助けてもらったんです。素敵ですよね」

「この店を教えてくれたコは、カフェじゃなくて雑貨屋が専門だ、って言ってたかな」

ということは、今朝《けさ》知磨を助けてくれたセザンジュとは別の人物だということだ。

それでも六分儀を推《お》してくれたことを嬉しく思いながら、知磨はこう言わずにはいられなかった。

「私、カフェに詳しいセザンジュのコ、知ってるんです。来週も駅前にいるって言ってたから、訊いてみたらどうでしょう？　きっとなにか、役に立つ情報を教えてくれると思います」

男性は少しばかり呆気に取られた顔をしていたが、やがて苦笑を浮かべた。

「そのコ、なんていう名前なの？」

勢い込んで口を開きかけた知磨は、重大な問題にようやく気付く。

「…………。えっ……、と。顔なら分かるんです。笑うと八重歯がとっても可愛くて、元気がよくて」

「でも、それって、俺が見ても分かるものかな？」

数秒間の沈黙《ちんもく》を経て、知磨は胸元のお盆をぎゅっと握り締め、とびきりの笑顔を浮かべた。

「来週日曜の十二時前、自由が丘駅の正面口改札前で待ち合わせしましょう。そのコ、紹介しますから」

その日はずっと、拓の機嫌《きげん》が悪かった。どうやら男性客との会話が聞こえていたらしく、クローズ作業の間もぶつぶつと文句を言われた。

「お前ほんとに、なに考えてんだ」

あまりに繰《く》り返し責められるので、知磨は思わず尖《とが》った声で反論してしまう。

「困ってる人を助けるのが、そんなにおかしなことですか」

「それならそれで、やり方ってもんがあるだろ。相手の都合や迷惑ってものを、もう少し考えたらどうだ」

「私、来週もバイトですから、ここへ来る前にちょっと紹介してくるだけじゃないですか」

「だからといって、初対面の客といきなり待ち合わせなんて……」

「梶谷《かじたに》さんは、いい人ですよ」

男性客の名だ。梶谷亮介《りょうすけ》というらしい。

「あんな短い時間話しただけで〝いい人〟とくるか……。聞いて呆《あき》れるぜ」

拓はあくまでも、知磨の振《ふ》る舞《ま》いを認めていないようだ。納得いかないが、知磨は心のどこかで、こうも思っていた。

例えば同じ話を大学の女友達にしたら、どうだろうか。残念ながら、いい顔をされないことは容易に想像できる。これは二十年間生きてきて学んだ経験則だ。自分の素に近い感覚の価値観を話しても、大抵の場合、同性からは賛同《さんどう》が得られない。だからこそ自分は、身につけたのではなかったか。時と場合によっては、ありきたりな一般論を下敷《したじ》きにした、無難《ぶなん》な処世術を使うことを。

「もう……、拓さんは分からず屋ですね」

同性の友人らの反応には慣《な》れているが、拓を相手にすると、同じ反応をされてもどうしてこんなに心が疲れるのだろう。顔には出さないが、重くなった胸を抱えて、知磨は小さなため息をついた。

その時、レジを閉めていた日高が顔を上げて、拓に向けてにっこりと笑った。

「いいじゃない。拓ってば固いんだから。その言い草、昭和のお父《とう》さんみたいだよ」

床のモップがけをしていた拓が、弾《はじ》かれたように反論した。

「〝昭和生まれの父〟そのものであるお前には、言われたくねぇよ！」

日高にはふたりの子どもがいる。十歳の娘、凛《りん》と、六歳の息子《むすこ》、悠人《ゆうと》だ。けれども離婚《りこん》しており、彼らの親権は持っていない。

「それくらい、別におかしなことじゃないよ。……ねぇ、ちーちゃん？」

日高にそう言ってもらえると、自分の価値観が百パーセント間違っているわけではないと分かって、知磨はこの上ない安らぎを覚えるのだ。救われたような気持ちで、笑顔を返した。

「はい。拓さんにもぜひ、今どきの感性に合った価値観を磨いてもらいたいです。そうしないと、読者に『古い』って思われて、見放されちゃいますから。古くさい恋愛小説なんて、悲しすぎますよ」

「一体なんの話をしている！」

間髪入《かんはつい》れず、拓の大音声《だいおんじょう》が六分儀の店内に響《ひび》き渡った。

＊

次の日曜日。

知磨は約束通り自由が丘の駅前で、梶谷亮介と落ち合った。

人混みから抜きん出る高身長は、ひときわ目立つ。亮介は右手のスマホを睨《にら》み、続いて上空を見上げて、視線を彷徨わせている。少なくとも、待ち合わせ相手の知磨を探しているという様子《ようす》ではない。それはまるで、空からなにかが落ちてくるのを待ち構えているようにも見えた。

「梶谷さん、おはようございます」

そんな彼にそっと近づき、知磨は声をかけた。亮介は驚いたように振り向くと、慌てて表情を和《やわ》らげる。

「やぁ。……なんだか悪いね」

「こちらこそすみません。無理なお誘いをしてしまって。先日あの後、拓さ……、店の者に、こってり絞られました。不躾《ぶしつけ》にすぎる、って」

項垂《うなだ》れる知磨を見て、亮介が申し訳なさそうに苦笑した。

「いいんだ。むしろ、感謝してるよ。こんな訳の分からないことに付き合ってもらっちゃって。……すまない」

ゆっくり陰る表情と自嘲的《じちょうてき》な物言いが、知磨の胸をちくりと刺した。だから彼女は、努めて明るい声を出した。

「いいえ。ところで、なにか探してたんですか？」

「と、いうと？」

「なんだか、スマホと空をこう、交互に……」

知磨のジェスチャーを見て、亮介は相好《そうごう》を崩した。

「あぁ、職業病《しょくぎょうびょう》みたいなもんでね。ちょっとアンテナを」

「アンテナって、あの？」

「そう、これの電波を飛ばしてる」

亮介が手にしたスマホを、少し得意げに持ち上げてみせた。

「専用アプリが入ってて、電波の受信状況が測《はか》れるんだ」

「へぇ、すごいですね。じゃあ、携帯電話の会社の人なんですね」

「仕事は、基地局の設置と管理。……休日に街を歩いてても、電波が気になって仕方ないんだ。他社のアンテナを見つけると、自社のはどこにあるのか探すのが癖《くせ》になっちゃって。……街ってさ、生き物みたいなんだよ。街が変われば人が集まって、これまでと同じ基地局じゃカバーできなくなったりする。設置したらハイ終わり、って訳じゃないんだ」

熱心《ねっしん》に、そしてどこか楽しそうに仕事の話をする亮介を見て、やはり彼は真面目《まじめ》でいい人だと、知磨は確信する。心のなかで、仏頂面《ぶっちょうづら》の拓に小さく舌を出してから、目の前の亮介に笑いかける。

「さっ、いきましょう。カフェが得意なセザンジュさんを、見つけましょう」

「こんにちは！　こないだはバイト、間に合った？」

いきなり横から呼びかけられて、知磨は飛び上がるほど驚いてしまう。

「ひぇっ。……あ、見つけた、見つけました」

華やかな制服姿の女の子は、慌てふためく知磨を見て、可笑《おか》しそうに笑った。口元には、チャーミングな八重歯がのぞく。彼女は知磨の隣に立つ亮介をちらりと見上げてから、ベージュの帽子に指先を添えて被り直すと、知磨にこう訊いた。

「今日はデートかな？」

数秒の沈黙。街の雑踏の音が大きくなる。亮介の咳払《せきばら》いで、知磨が我に返った。

「い、いいえ、違うんです。私は今日もこれからバイトで……。あの、こちらの梶谷さんがですね、カフェのことで探しものがあるというので、セザンジュさんを紹介しようと……。あなたはカフェが得意だって、仰ってたから……」

少しばかり要領を得ない知磨の説明に、制服姿の女の子は思案顔を浮かべる。すかさず、亮介が口を開いた。

「どうも、梶谷です。……実は、とあるアレンジコーヒーを出す喫茶店がないか、探してるんだけど」

制服姿の女の子は亮介に向き直って頷くと、手にしたファイルの表紙をめくり、白地図を用意する。

「『クラリネット』っていう店を、知ってる？」

突然そう訊いた亮介に、彼女はすぐに笑顔を浮かべた。

「はい！　このロータリーから、しらかば通《どお》りに入って、すぐのところにありますよね。……ただ、あのお店は確か」

「……うん。去年の秋に、閉店してしまった」

「そうですよね。あたしも何度かお邪魔《じゃま》したことあるんで！　ちょうど一年前くらいからですよね？　マスターが身体《からだ》を悪くしちゃったとかで」

「あぁ」

訳知り顔で頷く亮介。知磨はふたりの会話に耳を傾けつつも、半歩下がった。

〝こんな訳の分からないこと〟と自分で言った割には、亮介の表情は真剣そのものだ。そのアレンジコーヒーは、それほどまでに、彼にとって重要なものなのだろうか。

話の内容と続きは大いに気になるところだったが、どうやら自分の役目は終わったようである。当初の目的通り、無事にふたりを引き合わせることができたのだから。

知磨はすぅと息を吸い込むと、会話の間隙を狙《ねら》い澄《す》まして口を開いた。

「あの、それじゃあ私はバイトがありますので、失礼しますね」

振り向いた亮介が礼を言う。

「ありがとう。気を遣ってもらって」

「いいえ。探しものが見つかるといいですね。それでは」

ぺこりと頭を下げてから背を向けようとしたところで、呼び止められた。

「あの！」

制服姿の女の子が、少しだけ照れくさそうな顔でこちらを見ている。知磨は少しばかりどぎまぎしながら、彼女の言葉を待った。

「あたし、神田《かんだ》っていいます！　神田えみり」

そう言った彼女が笑うと、真っ白な八重歯が見えた。知磨の顔が、ぱっとほころぶ。

「吉川知磨です。週末だけ、カフェ六分儀でバイトしてます」

しばし笑い合って、どちらからともなく、小さく手を振る。

「梶谷さんも、……えと、えみりちゃんも。六分儀にまた、来てくださいね」

「うん、今度、絶対いくから！」

えみりのキュートさにすっかり夢中になっている自分を認めながら、知磨は最後に、ふたりに向かってぺこりと頭を下げた。

「それでは、また」

くるりと踵《きびす》を返して歩き出す。時計を見て、歩みを少々速くした時、ロータリーに立つ女神像の麗《うるわ》しい姿が、知磨の視界の隅にちらりと映った。

＊　＊　＊　＊

去年の夏頃《なつごろ》だった。

もう一年も前のことなのに、今でも鮮明《せんめい》に思い出すことができる。

「りょーさん、なんで携帯電話の会社に入ったん？」

自由が丘、グリーンストリートのベンチに腰かけてジェラートを食べながら、彼女がそう訊いた。

「どうしたんだよ突然。……あ、ご両親になんか言われた？」

「やめてよ。ちゃうから」

「ごめんごめん。え？　まさか、就職活動でも始めるつもり？」

「ちゃいます！　純粋な興味から」

「そうだなぁ。どうして、か……」

ベンチに背中を預けて、近くの建物の屋上に立つアンテナを見上げた。

「……聞いても、笑わないでくれるかな」

「へ？　笑わへんよ」

彼女の顔をじっと見つめてから、ゆっくりと言った。

「宇宙飛行士になるのが目標だったんだ、もともとは」

彼女が目を丸くする。

「通信技術者になれば、宇宙に行ける可能性が拓《ひら》かれると思ってた。大学で無線通信の技術に興味を持って、それを実社会で活《い》かすことができる業界と企業を選んだんだ」

「へえ、すごい……」

「地球《ちきゅう》から最も遠い場所にある人工物がなにか、知ってる？」

彼女が無言で、首を横に振った。

「ＮＡＳＡの無人宇宙探査機、ボイジャー。その一号。俺たちが生まれるずっと前に打ち上げられて、木星《もくせい》と土星《どせい》の観測データを地球に送った後、今も宇宙空間を飛び続けてる。そのボイジャーに指示を出し、機体からの観測データを受け取ることができるのも全て、通信があってこそなんだ」

「どれくらい遠くを飛んでるん？」

「太陽圏《たいようけん》を脱して星間空間を航行中。分かりやすく言えば、通信電波が届くのに片道十七時間以上かかるような距離かな」

「そんなに離れてても、メッセージ、届くんやね」

プラスチック製のスプーンを持つ彼女の手が、止まっている。沈黙が降りた。

「へへ。……それに比べたら、九州《きゅうしゅう》なんて近いもんやね？」

そう言った彼女が浮かべた笑顔は、どこか取《と》り繕《つくろ》うようにぎこちない。

思わず反論するような口調で、答えた。

「まだ受けてないよ、その話は。打診があっただけで」

「でも……、転勤したら、りょーさんの好きな仕事できるんやろ？」

「俺はここから離れるつもりはない」

面食らった彼女が、ややあって、悪戯っぽい顔で訊いた。

「……うちと一緒にいたいから？」

「そうだよ。他にどんな理由があるっていうんだよ」

直球を投げ返してやると、彼女の顔が面白《おもしろ》いくらい真《ま》っ赤《か》になったので、束《つか》の間《ま》、優越感に浸《ひた》ることができた。

やがて彼女が照れ隠しのように、空を仰《あお》いでこう言った。

「ボイジャーはひとりぼっちで……、寂しくないんかな」

その言葉をきっかけに、果てしない宇宙を想《おも》い、そっと目を閉じる。

「今も地球と交信を続けてるから、孤独ではないはずさ」

ボイジャーはそのために、通信用のアンテナを常に地球の方向へ向けている。

けれども、もし、アンテナの向きを調整《ちょうせい》できなくなったら？

通信途絶、という言葉が脳裏に浮かび、背筋がひやりとする。

得体《えたい》の知れない不安を振り払うようにして、目を開けて空を見上げた。

「ちなみに。……今でも宇宙にいく夢は諦めてないから」

彼女が無言で、じっとこちらを見つめている。

「なに？　……やっぱり、おかしいかな？」

「うぅん。りょーさんは、すごいなぁ、って。うちみたいに浮《うわ》ついてなくて、ちゃんと夢を持ってて。……なんていうんやろ、電波出てる感じがする」

「それ、どういう意味？」

さすがに苦笑すると、彼女が慌てて弁明した。

「頑張ってる人って、独特のオーラあるやん？　それって、ひょっとしたら目に見えない電波みたいなもんなんかな、って。それ受信して、引き寄せられてまう人がおんねん。たぶんうちも、そのひとり」

彼女の顔に、微かに寂しそうな表情が浮かぶ。

「キミにだって目標があって、ちゃんとそれに向かって努力してるじゃないか」

そう言って、彼女のバッグから顔をのぞかせている手帳をちらりと見た。彼女はジエラートのスプーンを咥《くわ》えて、照れくさそうに笑う。

「うち、怠《なま》け癖《ぐせ》あるから。つい手抜いてまうねん。困ったことに」

「なら、俺がその電波でメッセージ送ればいいかな？　『サボるなよ！』って」

「ふふっ。じゃあ、ちゃんとアンテナ張っとかなアカンね」

不慣れな冗談《じょうだん》だったが、彼女が笑顔を見せたので、ひとまず安心した。

もし、そんなメッセージを送る力があるのなら、たとえ彼女と離れ離れになったとしても、心配することはない。いつでもお互いの存在を感じて、繫がっていられるからだ。

地球と、遥か彼方《かなた》のボイジャーのように。

どこまでも青い空の下で、そんなふうに思っていた。

＊　＊　＊　＊

知磨がカフェ六分儀に到着すると、テーブル席に見知った客の姿があった。

「おはようございます。……あっ、純さん、いらっしゃいませ」

「やぁ知磨ちゃん。今日はバイト、これから？」

眼鏡《めがね》をかけた青年の名は、瀬戸川《せとがわ》純。幼い顔付きだが、知磨よりふたつ年上である。自由が丘デパートの一階にあるビーンズショップ、春川珈琲で働いていて、同時にプロのイラストレーターとしても活躍《かつやく》している。かつて彼は六分儀の飾り棚でかけがえのない〝贈り物〟交換をしたことがあり、それは、その場に立ち会った知磨にとっても忘れられないエピソードだ。

「はい、今日はランチタイム前からで……」

知磨は思わず絶句する。そして、純に向けて必死で目配せをする。

というのも、純の向かいの席に、見知らぬ女の子が座っていたからだ。襟《えり》付きのブラウスにオーバーオールを合わせていて、化粧っ気がなく、整った顔立ちに黒目がちの瞳《ひとみ》が映《は》える。

知磨の疑問を理解した純が、苦笑した。

「あぁ、まぁその、ちょっとした知り合い」

口ごもる純と、無言で微笑《ほほえ》む女の子。ふたりが挟むテーブルの上には、それぞれのカップの他に、スケッチブック、筆記用具などが置かれていて、なにやら親しげな空気が漂っているのだ。

『う、浮気《うわき》はダメです。綾香さんにLINEします』

目だけでそう語って、動揺しつつも知磨が素早《すばや》くスマホを取り出したのを見て、純は慌てふためき椅子《いす》から立ち上がった。

「待った！　知磨ちゃん、早まるんじゃない！　違う！　誤解だ！」

「な、なにがですか？」

とぼけたように視線を逸らす知磨に、純が詰め寄る。

「分かるよ！　綾香に言おうとしてるでしょ！」

綾香というのは、純が働く春川珈琲のひとり娘であり、彼とは高校時代からの腐れ縁だ。件《くだん》の〝贈り物〟交換のあと、ふたりの距離は一気に縮《ちぢ》まったのだと、知磨は思っている。

「……純さん、そんなに慌てるってことは、やっぱり……」

「違うよ！　別にやましいことはしてないけど、知磨ちゃんの伝え方によっちゃ、誤解が誤解を生んで取り返しのつかないことになるかも……、って、それが怖いの！」

「誤解、ってどういうことですか？」

フリック入力の手を止めて訊き返す知磨の声には、まだ警戒《けいかい》の色が滲んでいる。純はそんな彼女を刺激《しげき》しないように、声を落としてゆっくりと続ける。まるで、爆発物《ばくはつぶつ》でも取り扱うかのように。

「このコはひとつ下の後輩《こうはい》。大学時代の。……彼女、絵本作家志望でね。一応、絵の仕事させてもらってる僕にアドバイスが欲しいってことで。作品や業界のこと、話してたんだ」

純のひとつ下ということは、自分のひとつ上ということだ。一瞬、そんなことを考えながらも、知磨は目だけを動かして、彼女の様子を観察した。

小声でひそひそ話していたつもりが、お互いヒートアップして声が大きくなっていたようだ。結局、件の彼女にもばっちり聞こえてしまっていた。

「ども、三島佐奈《みしまさな》です」

短めの髪を編《あ》み込むように結んだ佐奈が、知磨の視線を受けて笑った。右頰《みぎほお》に、可愛らしい片えくぼが浮き上がる。言葉のイントネーションには、西のなまりがあるようだ。

「いらっしゃいませ。……えと、吉川知磨です。あの、私、純さんとはお友達というか」

「そうなんや。こんな綺麗《きれい》なコと知り合いとか、瀬戸川さん安定の女たらしやね」

純をからかう佐奈を見て、ようやく知磨は落ち着きを取り戻した。スマホを持った手を下ろして警戒心を解く。その様子を見て純も安心したようだ。ここぞとばかり反《はん》撃《げき》してきた。

「そういう知磨ちゃんだって、駅前で、カッコいい男子と一緒だったじゃない。彼氏?」

まさか知り合いに見られているとは思っていなかったので、それが亮介のことだと理解するのに、少し時間がかかってしまった。

「ち、違います。誤解です。あの人はお客さんで、探し物を手伝っていただけで……」

「探し物? 〝贈り物〟じゃなくて?」

飾り棚をちらりと見て、純が素《す》っ頓狂《とんきょう》な声を上げた。

「はい。なにか事情があって、とあるカフェメニューを探してるみたいなんですけど……。それで、カフェに詳しいセザンジュさんとの仲介役を買って出ただけで」

制服姿のえみりの笑顔を思い出して、知磨は少し心の平穏《へいおん》を取り戻す。

「まぁ、知磨ちゃんの優しさというか……、困ってる人を放《ほう》っておけないところは、僕も、身をもって知ってるからな。納得といえば、納得かな」

やがて純はそう言って、優しい笑みを浮かべた。

純と佐奈のカップが空《から》になる頃、佐奈が席を立ったかと思うと、小振りのスケッチブックを抱えて、カウンター横に控える知磨のところへやってきた。

「ちまちゃん。これ、うちが描いた絵本のラフやねんけど。もしよかったら、読んでみてくれへん？　意見もらえたら嬉しいわ」

「え……、いいんですか？」

「もっちもち」

片えくぼを見せて笑う佐奈を前にして、断る理由はなかった。

「それじゃあ、見せてもらいますね」

知磨は両手をぱたぱたとエプロンの裾《すそ》ではたくと、恭《うやうや》しくスケッチブックを受け取って、ページをめくり始める。

紙面には、淡いパステルで彩色された可愛らしいキャラクターが描かれており、一目見た途端《とたん》、知磨は小さく歓声を上げた。

主人公は双子のキツネたち。見た目はそっくりだが性格は正反対という二匹が、野原や山や町を舞台《ぶたい》に小さな冒険を繰り広げる、ほっこりした読後感のお話だった。

小さな子どもを読者として想定した絵本だけに、二十回もページをめくらないうちに、お話は終わってしまった。それでも、優しい世界観に引き込まれた知磨は、素直に満足感を覚えた。

「すごいです。これでラフなんですか？　完成度高いです。なんていうか、ありきたりな感想になっちゃうかもしれないですけど……、面白かったです。絵も、すごく上手《じょうず》で、柔らかくて可愛いですし」

「へへ、ありがと。……マスターさんも、ぜひ」

はにかんだ佐奈が、今度はスケッチブックを日高に差し出す。

隣で、純が落ち着いた声音で知磨に問うた。

「読んでみて、どこか、引っかかったところはない？」

「あ、そうですね……。えっと」

僅かに口ごもった知磨だが、すぐに佐奈がきっぱりと言った。

「教えて。うち、この作品少しでもよくしたいねん。ちゃんと仕上げたら、新人賞《しんじんしょう》に応募するつもりやから」

まっすぐな視線を受けて、知磨は息を飲んだ。中途半端な態度は、かえって失礼になる。それが分かった。意を決して、口を開く。

「そうですね、あの……、バラのページ、なんですけど」

佐奈が頷く。

それは、町にやってきた二匹のキツネが花屋の軒先で、バラの鉢植えを壊《こわ》してしまうシーンを描いているページだ。

「なんて言うんでしょう。……ちょっと、違和感があるというか。他のページの、柔らかい雰囲気とは、ここだけ違うというか」

上手《うま》く伝わったか心配になって、知磨がハラハラしていると、佐奈があごに手を当てて、唇を噛《か》んだ。

「なるほど。……浮いて見えるってことか」

それは彼女の独り言《ひとりごと》なのかもしれなかったが、知磨は返答に困ってしまった。ちょうど日高が読み終わったらしく、話題となっているページを開き直して、穏《おだ》やかな声で言った。

「でも、このページが一番、生き生きしてるね。まるで、バラが主役みたい」

日高にそう言われて、知磨もなるほどと思った。確かに、描き込み具合や鮮《あざ》やかな色彩から、そのバラは画面のなかで強い存在感を放っている。すると佐奈が、図星《ずぼし》と言わんばかりに、照れくさそうに笑った。

「うわ、うちのバラへの愛情がバレてもうた。すごいねマスターさん。……でも確かに、そうかも。描いてて一番楽しかったの、そのページかもしれません」

佐奈曰《いわ》く、今回の作品は『小さな子どもでも理解しやすくて、全体的に優しい』テーマとテイストを意識《いしき》したのだそうだ。しかし彼女が本当に好きで、〝描きたいもの〟

は、少し違っているのだという。件のページには、そんな〝趣味《しゅみ》〟が図《はか》らずも滲み出てしまった、ということらしい。

「分かりやすいハッピーエンドやなくて、ちくりと痛みが残る読後感というか……、それこそ、バラの刺《とげ》で指先を怪我《けが》してまうような……。そういうのが好きやねん。今回のはちょっと、お行儀がよすぎたかもしれへん」

神妙な表情を浮かべる佐奈。その横顔を吟味《ぎんみ》するように眺めてから、純が努めて明るい声で、知磨と日高に尋ねた。

「反対に、よかったところや、印象に残ったところはありますか？」

「あっ、私、あそこが好きです。町の喫茶店で、人間たちのティータイムを、窓からのぞくところ。美味しそうだなぁ、って」

すぐに答えた知磨に、日高も頷いた。

「そうだね。飲んでみたくなった。想像力をかき立てられるというか」

「あれって、紅茶なんですか？　それとも珈琲？」

「え？」

きょとんとしていた佐奈が、知磨の質問の意味を理解して、慌てた様子で答える。

「あ、……あぁいえ、えっとね、実はまだ、決めてなくて」

「へぇ？　そうなんだ」

日高が少し意外そうな顔をしている。

「いろいろ案は考えてるんやけど、どれもいまいち、しっくりこぉへんなぁ、って。今んとこ、〝謎《なぞ》の飲み物〟ってことにしてます」

ぺろりと舌を出した佐奈の表情に、微かな陰《かげ》があるような気がして、知磨は得体の知れない胸騒《むなさわ》ぎを覚えた。

「なにはともあれ、ストロングポイントはしっかり意識して、できるだけ上手く活用していかないとね」

と、純が笑う。

「それにしても、すごいよ三島さんは。自分から『いろんな人に意見もらいたい』って、作品を見せてダメ出しをしてもらうなんて……、すごく勇気の要《い》ることだよね」

純が素直に褒《ほ》めると、佐奈は慌てたように反論した。

「瀬戸川さんかて、アマチュア時代から個展開いとったやん！」

「確かに、そうですよね」

思わず笑ってしまった知磨は、その個展での光景を思い起こしていた。それも、純と綾香を巡る物語のなかの、大切な思い出だ。

そんな感慨に浸っていると、ランチタイムの下ごしらえを終えた拓が厨房から出てきた。

すると純が、拓と知磨を交互に見たかと思うと、悪戯っぽい笑みを浮かべて急に水を向けてきた。

「僕がプロになれたのは、知磨ちゃんの助けによるところが大きいからなぁ」

「えっ、そうなん？　……ちまちゃん、業界的に、すごい人なん？」

目を輝かせてこちらを見てくる佐奈。知磨はしどろもどろになった。

「いや、そんな。私なんて、なにも……」

知磨が困っているのが小気味よいのか、拓がニヒルな笑みを浮かべると、からかうように口を出してきた。

「敏腕編集者《へんしゅうしゃ》、ってとこか？　純はこいつに、随分と人生のダメ出しされたようだしな」

「ちょ、ちょっと拓さん、やめてくださいよ。それだと私が、誰彼かまわず文句をつけてる、すごく失礼な人みたいじゃないですか」

「事実そのままだろうが」

「違います。私がダメ出しするのは、弄《いじ》って欲しそうなオーラを出してる寂しげな人だけで、あまりいい例が思いつきませんけど、具体的には拓さんみたいな残念系……」

「誰が残念系だ！」

憤《いきどお》る拓の隣で、日高がにこりと笑った。

「拓は筋金入りでちょっと残念だし、事実そのままだね」

「やかましい！」

賑やかな六分儀の面々を見て笑う純の隣で、佐奈がオーバーオールのポケットからケータイを取り出した。ふっと表情を消失させた彼女はそれを開いて確かめると、すぐに閉じてポケットに戻した。その様子に気付いた純が、小声で訊いた。

「……どうしたの三島さん、電話？」

「ああいえ、ただのメール」

答える佐奈の顔に、どこか不安そうな表情が、一瞬だけよぎった。

＊　＊　＊　＊

「あの子にはもう、会わないでください」

半年前のことだ。

突然呼び出された駅前のコーヒーショップ、狭苦しいふたり掛《が》けのテーブル席で、彼女の母親からそう告げられた。

「……どう、して。……だって、俺は……」

かすれ声でなんとか口にできたのは、たったそれだけ。

彼女の母親はどこか責めるような口調で、続けた。

「あなたに関《かか》わると、あの子は辛《つら》い思いをするんです」

「でも、会って話さないと、どうにもならないじゃないですか！　何度も繰り返せば、そのうちきっと」

食い下がろうとしたが、返ってきたのは冷ややかな一言だった。

「……それにあなたはもうすぐ、遠方へいかれるんでしょう？　お仕事の都合で」

「そっ、それは。その話はまだ」

「前向きな話をしているんです。これもひとつの契機と考えれば……」

「俺の意思は違います！」

思わず叫ぶと、彼女の母親は厳《きび》しい視線を突き刺してきた。

「あの子を苦しめたいんですか？」

「そんなこと、あるわけ……」

「これは〝お願い〟なんです。あの子のためを思うなら……」

もともと、あまりよく思われていないという自覚はあった。

それもあってか、彼女の母親は一方的にそんな言葉を何度か繰り返し、やがて席を立った。

それ以来、彼女の母親とも、もちろん彼女とも、顔を合わせていない。

回想を終えて、手元のスマホを見る。

『キミと一緒にいってみたい店があります。時間をくれませんか？』

いつもと同じ長い逡巡《しゅんじゅん》の末、そんなメッセージを送ってみたのだが、彼女からは反応がない。

ひとり、グリーンストリートのベンチに腰かけて、街路樹《がいろじゅ》の隙間《すきま》に見える空を見上げた。

神田えみりというセザンジュから教えてもらった喫茶店には、どうやら探していたドリンクメニューに近いものがあるようだった。今できることは、藁《わら》にもすがる思いで、その店に行ってみることだけだ。

とはいえ、ひとりでいくことに意味はなく、こうしてメッセージを送り続けるほかはない。しかし彼女にしてみれば、見知らぬ相手から届くそれに、警戒心を抱くことはあれ、興味を持って返信するなどということが、万に一つもあるのだろうか。

「そもそも……、顔も見ないで、会う約束を取り付けるなんて、できっこない」

弱気な言葉がこぼれ落ちた。

それでも、諦め切れずにいる。

だって、あれからまだ一度も、彼女と話をしていない。

他人から〝お願い〟されたからといって、そう簡単《かんたん》に諦められるはずがないのだ。

「……このままで」

そっと、目を閉じた。

自分の意識が、幸せだったあの頃に固定されていることには、薄々《うすうす》勘づいている。なんとかして時計の針をあの頃に戻したいと願う自分をよそに、彼女の時間は今この瞬間も進んでゆく。自分と彼女の生きる時間は、こうして少しずつ離れてゆくのだ。

ちょうど、地球とボイジャーのように。

「本当にこのままで、いいのか？　顔も合わせず、話だって、できないままで」

祈りのような囁きとともに目を開き、ベンチからゆっくりと立ち上がった。気付けば静かな決意が胸のなかに形を成していて、それは不思議《ふしぎ》と彼の心に平穏をもたらした。

たとえそれが、後戻りのできない愚かな選択であったとしても、構わない。

背筋を伸ばして、自由が丘の雑踏に一歩踏み出した。

＊　＊　＊　＊

次に知磨が事件に遭遇したのは、一週間後の土曜日だった。

シフトがオープンからなので早い時間に自由が丘駅に降り立ち、ひとりヒルサイドストリートを歩いていた。

「……ちょっ、なんなんですかっ。放して！」

突如聞こえた声は、怯《おび》えたような若い女性のものだ。

「待ってくれ！　話だけ、お願いだから話だけ、聞いてくれないかっ？」

こちらは切羽《せっぱ》詰《つ》まった、男性の声。痴話《ちわ》喧嘩《げんか》だろうか。声は前方の角を曲がった辺りから聞こえてくる。知磨はどうすべきか、一瞬悩んだ。やはり誰か、人を呼んでくるべきだろうか。慌てて見回すが、どの店も閉まっており、人通りはない。

「うちは別に、話なんてありません！　離して！」

そうこうしているうちに、角のところから男女が出てきて、知磨の視界に入った。

その姿を見て、彼女は思わずあっと声を上げてしまう。

「……佐奈さんと、……梶谷さん？」

困惑顔で逃《のが》れようとする佐奈。彼女の細い腕を摑《つか》んで、どこか悲愴な顔をしていたのは、亮介だ。ふたりは知磨に気付くと、それぞれ驚いた表情を浮かべる。

「ちまちゃん、助けて！」

佐奈は安堵《あんど》の表情を浮かべたものの、怯えの色は消えていない。亮介が油断した隙にその手を振《ふ》り解《ほど》くと、駆け出して知磨の傍へと寄った。彼女が小さく震《ふる》えていることに気付いた知磨は、佐奈の背に手を置いて、気遣わしげに尋ねた。

「佐奈さん、大丈夫ですか？　……いったい、なにが」

見れば、亮介は伸ばしかけた手を止めて、力なくそれを下ろすところだった。彼の顔には、微かな動揺の色が浮かんでいる。

「梶谷さん……、これは、どういうことですか？」

亮介と佐奈、それぞれと面識のある知磨ならばともかく、そうでない他人から見れば、先ほどの光景は間違っても好意的に受け取られるはずがない。いや、知磨の目から見ても、それが穏やかならざる状況だということが理解できた。

「吉川さん、だったよね。……すまないけど、これは俺と彼女の問題なんだ。邪魔しないでくれませんか」

亮介が静かに、しかし力を込めた声で言った。相手と自分の体格差を意識して知磨が思わず怯《ひる》んだ時、後ろから佐奈の声が上がった。

「うちには、なんのことか分からへん！」

過度の困惑と、嫌悪すら感じられる声色だった。口を真一文字に結び、あごを少し引いた亮介は佐奈をまっすぐに見つめ、負けじと佐奈もそれを見返す。しかし彼女が、一瞬顔をしかめるような様子を見せた。

「……まさかあの変なメール送ってくんのも、あんた？」

亮介はそれには答えず、ちらりと知磨を見てから、目を閉じた。大きく深呼吸して、再び目を開いた時には、もうその場に知磨がいないものとして、彼の瞳は佐奈だけを見ていた。

「そう。俺とキミは、恋人同士だったんだよ。……お願いだ、思い出してよ」

言葉を失う佐奈に向けて、亮介が悲痛な表情で続ける。

「キミは忘れているだけなんだ。俺のことも、俺と一緒に過ごした時間のことも」

「知らんて！　おかしなこと言わんといて！」

反射的に、佐奈が叫んだ。

「もしそうなら……、本当にうちが忘れてるだけなんやったら……、ケータイに登録あるはずやん！　メールのやり取りとかだって、残ってるはずやし！」

それを受けて亮介が、逡巡するような素振りを見せて、やがて小さな声で呟いた。

「きっとそれは、消去されたんだよ。……たぶんキミの、ご家族の手によって」

「うちの家族が、なんでそんなこと、せなあかんの！」

佐奈は気丈にも声を張り上げながら、しかしその小さな身体をぶるぶると激《はげ》しく震わせている。と、思う暇もなく、今度は明らかな苦痛に顔をしかめた。佐奈は側頭部を手で押さえており、荒い息をついている。かなり苦しそうなその様子に、知磨は慌てて彼女の背に手を置いた。

「佐奈さん。……なんだか顔色が」

「だ、大丈夫。ちょっと頭イタいだけ……」

苦笑を浮かべるが、ちっとも大丈夫そうには見えない。痛みが強く足にも力が入らないのだろうか、ふらふらと揺れる彼女の膝《ひざ》がついに折れ、その場にへたり込んでしまう。知磨は佐奈の肩を抱いて、その背を静かにさすった。

そんな光景を目《ま》の当《あ》たりにして、亮介が怯むのが分かった。まだなにか言いたいことがあるのかもしれないが、苦しむ佐奈の様子を見る亮介もまた、同じくらい苦しそうだ。少なくとも知磨には、そう思えた。

奥歯を噛み締めて、亮介が後悔するような、複雑な表情を浮かべては消す。佐奈のもとに駆け寄りたいが、それができない、そんなジレンマに苦しんでいるようだ。

佐奈は亮介を睨み付けると、声を絞り出した。

「うち、あんたのこと、知らんもん！　それで恋人とか、ありえへん！　……誰なん？　あんた、誰なんよ！」

そのとき、佐奈は頭痛がひどくなったのか、頭を押さえて身体を丸め、その場にうずくまってしまう。強く閉じた両目には、うっすらと涙が滲んでいた。

ふと気付けば、数人の野次馬《やじうま》たちが足を止めて、遠巻きに知磨たち三人のことを見ている。いくら人通りの少ない早朝の自由が丘とはいえ、これだけ大声で騒げば、目立たずにはいられない。なかには、手にしたスマホとこちらを気忙《きぜわ》しく見比べている女性もいる。まさか、警察に通報するつもりなのだろうか。それを見た知磨の判断は早かった。

「佐奈さん、梶谷さん。ここだと目立ちますから、ひとまず、六分儀にいきましょう」

知磨は佐奈の手を引いてゆっくりと立ち上がらせると、その場を歩み去ろうとする。

しかし、亮介は放心したような表情でその場に立ち尽くしており、動こうとはしなかった。

「……いこ、ちまちゃん」

思わず立ち止まった知磨だったが、逆に佐奈に促されるようにして、その場をあとにした。曲がり角で最後にもう一度振り返ると、亮介は変わらずそこに立っている。知磨たちが去ったことで、事が終わったと思ったのだろう、野次馬たちも散り始めていた。

「それって……、ストーカー、ってことですか？」

カフェ六分儀にて。

開店準備を終えた知磨が、カウンター席に座る佐奈の隣で、言いにくそうに口を動かした。

「……とは、ちょっと違うんやけど。……いや、どうなんやろ」

佐奈は相変わらず、どこか体調が芳《かんば》しくないようだ。時折表情が曇《くも》る。

「半年くらい前から、急に届くようになって」

携帯に届く見知らぬ相手からのメッセージについて、黙《だま》って聞いていた拓がぼそりと訊いた。

「警察には相談したのか？」

　そのストレートな物言いに、知磨は思わず息を飲む。だって相手は、どうやら亮介らしいのだ。

　佐奈は力なく首を横に振った。

「別に、危害を加えられたり、嫌がらせされたわけとちゃうし……。『話を聞いて欲しい』とか『会いたい』って書いてあるだけで。それに、直接顔を合わせたのは今日が初めてやし……」

「あのな。なにか起こってからじゃ、遅いんだぞ」

　ため息まじりに呟いた拓に、知磨は思わず反論していた。

「でも相手は、梶谷さんなんですよ？　……そんな、悪い人じゃ」

　言ってから、拓の視線に気付く。それはまるで、出来の悪い生徒をたしなめる教師のような、複雑な視線。知磨はバツが悪くなって、思わず目を逸らした。

「だいたいやで、うちなんかが、あんな背高《せいたか》い大人っぽい人と、知り合いなわけないし」

　佐奈が自嘲的に笑い、知磨は救いを乞《こ》うようにして日高を見る。しかし彼は、まるで考え事をするかのように、佐奈の様子をじっと見つめていた。その時である。

「……う、……あぁっ、いてて！」

突然、そんなうめき声が聞こえた。見れば佐奈が身体をふたつに折って、片手で頭を押さえている。

「佐奈さん？　だ、大丈夫？」

「たはは、ごめん。何なんやろ、これ。……風邪《かぜ》かなぁ」

それにしては、随分と苦しそうだ。締め付けるような痛みなのだろうか、両目をきつく閉じて歯を食いしばり、心無しか呼吸も浅く早い。

「大丈夫かい？　もしよければ、控え室で横になることもできるけど」

カウンターから出てきた日高が駆け寄る頃には、痛みは波を越えたのか、佐奈は顔を上げて、苦笑を浮かべた。

「ありがとうございます。大丈夫……、みたい」

落ち着くまでの半刻《はんとき》を六分儀で過ごし、佐奈は随分と回復した。ひとりで立って歩けるくらいにはなったものの、既に六分儀は開店時間を迎え、客も入っている。スタッフである知磨たちが佐奈に付き添うことはできない。

大事を取って、電話で純を呼び出し、彼の車で佐奈を自宅まで送ってもらうことになった。

「……大丈夫でしょうか。佐奈さん」

純の車を見送ってから、店内に戻った知磨が心細そうな声を出した。

「最後はそれなりに回復してたようだし、そう心配しなくていいだろ。ほら、飲み食いできないってわけでもないいんだしな」

拓はそう言って、佐奈が座っていたカウンター席を見た。

彼女のために日高が淹れたカフェオレは、綺麗に飲み干されている。

「だと、いいんですけど……」

消え入るような知磨の声は、新たに鳴り響いたドアベルの音にかき消される。珍しく今日は、オープン直後から客の入りが多い。

ランチタイムのラッシュを乗り切り、午後になって三人が交代で休憩《きゅうけい》を取り終わった頃、その客は唐突に六分儀にやってきた。

背が高く、逆立てられた短髪に、意思の強そうな目。それは他でもない、亮介だった。

「……梶谷、さん」

知磨の囁きはドアベルの残響とともに壁に吸い込まれ、店内には短い静寂が訪れる。

有線のクラシックチャンネルは曲間だったらしく、すぐに新しい旋律がスピーカーから控えめに流れ出した。

「今朝は驚かせてしまって、すまなかったね」

知磨に向けて小さく会釈した亮介は、どこか憔悴《しょうすい》しているように見える、その手に小さめの紙袋を持った彼は、案内されたテーブル席にゆっくりと腰を下ろすと、六分儀ブレンドをオーダーした。

注文を伝え、日高が淹れたブレンドをお盆に載せて給仕してから、知磨は亮介の前に立って姿勢を正した。

「……佐奈さん、すごく怯えていました」

店員としての立場をわきまえるつもりが、気付けば知磨は、責めるような口調でそう言っていた。脳裏に、佐奈が苦しむ痛ましい姿が、まざまざと蘇《よみがえ》る。

「不快にさせたのなら謝《あやま》るよ。だから、放っておいて欲しい、と言ったんだけどね。……説明がややこしいし、簡単に信じてもらえるとも、思えないから……」

カップを傾ける亮介は、前回のように、メニューを開くこともない。それからしばらくして、彼は紙袋を手に持ち直すと、再び立ち上がった。そして、壁際の飾り棚へと目をやる。

「こないだ来た時に教えてくれたよね。宛名《あてな》のない〝贈り物〟が並んでいるというあの棚に、置きたい物があるんだ」

その時には、カウンターから出てきた日高が、知磨の後ろに立っていた。

「承《うけたまわ》りましょう」

頷いて、亮介が紙袋から取り出したのは、美しいバラのアレンジメントだ。彼はそれを、両手で胸の高さまで持ち上げた。意表をつかれたような顔で、知磨が日高を振り返る。

「マスター。飲食店なんですし、さすがに生花は……」

日高は目を細めていたが、やがてにこりと微笑んだ。

「大丈夫、ちーちゃん。これは、プリザーブドフラワーだよ。特殊な薬品に浸して処理しているから、花粉が飛ぶこともないし、原型を長く保っていられる。お見舞いで病室にも持っていけるようなものさ」

「そうなん、ですか」

日高は亮介から、プリザーブドフラワーの鉢を受け取る。亮介は飾り棚に向かうと、そこに並んでいる〝贈り物〟をろくに見もせず、ひとつを手に取った。

「どれでもいいんですけど……。それじゃあ、代わりにこれをもらおうかな」

どこか投げやりにそう言って彼が手にしたのは、シックな牛革の手帳だった。

知磨は反射的に、その行いを咎《とが》めるように、強い口調で言った。

「梶谷さん。〝贈り物〟交換は、大事な想いの等価交換なんです。そんな、軽い気持ちでするものじゃ、ないんです」

思わず彼に詰め寄ろうとした知磨を、日高が静かに制する。亮介は、感情が抜け落ちたかのような、どこか気味の悪い薄笑いを浮かべた。

「分かってるさ。ちゃんと釣り合っているよ？　……どちらも俺にとって、同じくらいの価値だから……」

彼は牛革の手帳をテーブルの上に置くと、座って珈琲の残りを飲んでしまった。交換票にペンを走らせる彼に向かって、それまで黙ってプリザーブドフラワーを見ていた日高が、静かに声をかけた。

「……本当に、そうですか？」

手を止めた亮介が、ゆっくりと顔を上げた。

「どういう意味ですか？」

「このプリザーブドフラワーの鉢があなたにとって……、『どれでもいい』と言いながら選べるほどの物と〝同じ価値〟というのは……、真実では、ないのでは？」

亮介が再び口を開くまで、たっぷり十秒はかかった。

「どうして、そう思うんですか」

亮介の硬い口調を、日高は穏やかな声音でさらりとかわす。

「この鉢があなたにとって〝その程度の〟物ならば、そもそもここへお持ちになることもなかったのでは？　人知れず処分することだって、できたでしょう」

亮介は黙ったまま、唇を噛んだ。日高が続ける。

「僕は曲がりなりにも店主として、ここで数多くの〝贈り物〟を見てきました。この鉢からも、〝贈り物〟がまとう想いの力を、感じるんです。……これはあなたが、大切な人に贈るために用意したものだったのでは？」

亮介は日高に、強い視線を突き刺した。店内の空気が張り詰め、そのまま永遠とも思える時間が流れたが、結局は彼の方から視線を逸らした。日高の凪いだ瞳に漂う、底知れぬ透明感に飲み込まれそうになったのだ。

亮介はごまかすように少し笑って、「贈る相手はもう……」と小さく呟いた。

知磨は、黙っていることができなかった。

「佐奈さん……、なんですか」

厨房の入り口横の壁に背中をもたせかけ、腕組みをしていた拓が、目を閉じて天井《てんじょう》を仰ぐ。小さなため息が聞こえた。

沈黙は、長くは続かなかった。やがてなにかが吹っ切れたように、亮介が饒舌《じょうぜつ》に語り出した。ただしその言葉には、自暴自棄《じぼうじき》な調子がついて回る。

「そうだよ。彼女とは自由が丘にも、デートでよく一緒に遊びに来たんだ。……お気に入りの、カフェもあって」

「でも佐奈さんは『知らない』って」

亮介の乾いた視線が、知磨に向けられる。

「その通りさ。『知らない』んだ。……俺がよく知っている彼女はもう……、どこか遠くへいってしまったから」

誰も言葉を挟まない。亮介が続ける。

「原因は、頭部外傷による記憶障害。……冗談みたいだと、思わない？　でも、本当なんだ。去年の秋口、彼女は駅の階段で転んで、頭を強く打った。部分的に強い衝撃《しょうげき》を受けて、直後から記憶障害の症状が出たんだ」

「……記憶を、失くすなんて。そんなの、本当に」

思わず呟いた知磨に、亮介が口元だけで薄く笑いかけた。しかしその目は、全く笑っていない。

「俺も最近になってようやく、事実を認めることができた。……もしも事故直後に今の言葉を聞いてたら、きっとキミに摑みかかっただろうな」

笑顔でそう言ったのに、どこかすごみがあって、知磨は思わず息を飲んだ。

「で、でも……、佐奈さんは、大学の先輩だっていう純さんとは、普通に会話してました」

「必ずしも、全ての記憶を失うわけじゃなくてね。特定の期間、特定の事柄に関わることだけ忘れるっていうのは、よくあることだそうだ。……俺の職場の先輩は、過労による脳梗塞《のうこうそく》で倒れたんだけど、入院して意識が戻った時には、家族を除くほとんど全ての人間関係を忘れていたよ。俺も見舞いにいったから、印象に残ってる。ついこないだまで一緒に仕事をしてたのに、こっちの顔を見ても、表情が動かないんだ。よそよそしい、少し怯えてさえいるような……」

亮介が少し俯く。今朝、路上で佐奈が浮かべていた表情を、知磨は反射的に思い起こした。

それまで腕を組んで黙っていた拓が、口を開いた。

「脳ってのは人体のなかじゃとりわけ複雑な器官で、まだ解明されてない部分も多い。ひとくちに高次脳機能障害と言っても、いろいろある。物の名前を忘れる。物の使い方を忘れる。行動の意味と手順を忘れる。距離や時間の概念が分からなくなる。視野の半分を認識できなくなる。単純に反応速度が遅くなる……。内部の出血や外傷など、機能を損害する要因も様々で、症状の出方も千差万別だと聞いたことがある。……だから、特定の人物に関わる事柄や記憶だけが抜け落ちることだって、ないとは言えない」

「じゃあ佐奈さんは、事故で頭を打って、恋人だった梶谷さんのことだけを、忘れてしまったっていうんですか……？」

途端に、亮介が自嘲的に笑った。

「そうさ。よりによって、俺のことだけ、綺麗さっぱりとね！　他のなにでもなく、俺のことだけなんだ。どうして、こんな……、これは悪い夢なのか？　……って、何回も何回も、自問自答したよ。けど事実、そうだったんだ。彼女は俺を赤の他人だと認識している。記憶は数あれど、彼女は俺のことだけを忘れた。……ひょっとしたら、もううんざりで、実は忘れたかったのかも、しれないけどね」

クラシックチャンネルの調《しら》べが、緩やかに六分儀の店内を攪拌《かくはん》し続けている。窓の外から、熊野神社の参拝者が鳴らす鈴の音が微かに聞こえてきた。

「彼女とは、俺が就職した時から、もう三年近い付き合いなんだ。時間をかけて、お互いのことをたくさん知ってきた。遠距離になるのは嫌だから転勤の話も思い切って断って、気持ちを固めた、そんな矢先に……」

亮介は言葉を切ると、日高に向き直った。

「さっきの質問に答えましょう。〝宛名がない〟ことは本当です。〝宛名を失った〟と言ったほうが正しいのかな。だから、その鉢が今の俺にとって『大した意味を持たない』ことも、同じように真実です。なぜなら、もう届くことはないから。……今じゃ全ては、意味のないことなんです」

彼は募らせた想いの丈《たけ》を吐き出すように、言葉を連ねる。

「俺は、彼女と会ったり連絡を取ったりすることを禁じられています。彼女の家族や、主治医から。……正確には、そう〝懇願〟されました」

亮介の表情に暗い陰が落ちた。

「……記憶を取り戻すきっかけになればと、親しい人間との接触が奨励されるケースも多いと聞きます。でも、彼女の場合は違いました。失った記憶、つまり俺や、俺と過ごした時間に関することを思い出そうとすると、彼女は肉体的にひどい苦痛を受けるようです。そのあまりの苦しみようから、家族も主治医も、みすみす彼女を痛めつける必要はないと判断したんです」

皆が口をつぐんで、亮介の説明に聞き入っている。

「俺以外のことは覚えているし、日常生活を送るのに支障はなかった。だから彼らは、俺という存在を彼女の人生の記録から抹消《まっしょう》することにしたんです」

尋常ではない頭痛に苦しむ佐奈の姿を思い出して、知磨は、亮介のジレンマの正体をようやく知ることができた。彼が佐奈に関わろうとすればするほど、ひどい頭痛が彼女を苛《さいな》むのだ。

「まぁ、彼らにとっては、俺を厄介払《やっかいばら》いするいい機会だったのかもしれないけれど」

「……どういう、ことですか？」

知磨が恐る恐る訊くと、亮介は短く笑った。

「彼女の両親からあまりよく思われていなかったんだ。特に仕事。転勤が多いことや、収入のことなんかが、御眼鏡に適《かな》わなかったらしい」

「そんな……」

「それで彼女を板挟みにしてしまって、悩ませてしまったこともあって」

「でも！　……でも、長い時間を一緒に過ごした、大切な恋人同士だったんですよね。そんな……、本人の意思も確認せずに、証拠を消しちゃうなんて……、あんまりです」

知磨の言葉に、亮介がかぶりを振った。

「ただの恋人だからこそ、相手の家族の判断に口出しできないんだ。……これが婚約者だったなら、少しは違ったのかもしれないけどね」

彼がプリザーブドフラワーの鉢を、ちらりと見た。

「……梶谷さんが直接会うのが駄目《だめ》なら、私から佐奈さんに説明してみるとか」

「ちまいの、わきまえろ」

思わずそんな提案をすると、鋭《するど》い言葉で、拓にたしなめられた。

亮介が、皮肉っぽく笑う。

「無駄《むだ》だよ。彼女は、自分が階段から落ちて怪我をしたことはうっすらと覚えているけど、それがきっかけで俺に関する記憶を失ったことは、理解できないんだ。だって初めから、そんな記憶は『なかった』ことになってるから」

亮介が、席を立った。書き終えた交換票と、珈琲の代金をテーブルの上に残して。

彼は日高を見つめる。

「分かってもらえましたか？　俺にとっての、等価交換を」

「……『今では全て意味のないこと』と仰いましたが」

日高の瞳と声は、どこまでも澄み渡っている。両手で胸の前に抱いたプリザーブドフラワーの鉢を、愛《いと》おしそうに見る。

「〝贈り物〟に込められた想いは、決して消えることはありません。たとえ忘れてしまっても、消えはしないんです」

亮介は目を細めた。口元に、力が入る。しかし、言葉にはならなかった。どこか、涙をこらえているようにも見えた。それを見届けて、日高が口を開いた。

「この鉢は、ひとまず当店の飾り棚でお預かりします。……ですが、代わりに受け取る〝贈り物〟については、あなたが仰る等価交換の基準は認められません。先ほども言いましたが、この鉢に込めた、かつてのあなたの想いは消えないんです。……どうか、その時の想いと釣り合う〝理由〟をご自身で見つけた上で、飾り棚から受け取る〝贈り物〟を決めてください」

しばらく、亮介は黙って日高を見返していた。それから鉢を見ると、どこか寂しげな笑みを浮かべ、飾り棚へと向かう。牛革の手帳をそっと棚へ戻してから、ペンを取ると、交換票の受け取る品物の欄《らん》に書いた内容を二重線で消した。

「宛名を失った〝贈り物〟に、意味なんてありません。……だったら俺も、それを手放して、彼女を忘れるしかないんです。俺と彼女はもう『赤の他人』同士なんですから」

噛み締めるようにそう言って、亮介は背を向けると、六分儀を出ていった。

それからしばらくは、亮介も佐奈も、六分儀には姿を現さなかった。

佐奈が苦しむ姿を間近で見た知磨としては、彼女の容態が気になるところだが、わざわざこちらから連絡するほど親しいわけでもない。飾り棚のプリザーブドフラワーの鉢を見るたびに、知磨はそんな風にして、ひとり思い悩んでいた。

＊

とある月曜日。大学の講義《こうぎ》が突然二コマ休講になり、午後の時間がぽっかりと空いた知磨は、プライベートで自由が丘の街を訪れた。普段の習慣《しゅうかん》で駅の正面改札を出て、自由が丘デパートに入った知磨は、迷わず春川珈琲に足を踏み入れる。

「……あれ？　今日、土曜だっけ」

素っ頓狂な声を上げた女性は、春川珈琲のひとり娘である綾香だ。知磨より高い身長、すらりとした体軀《たいく》、強めのメイクに明るい金髪がよく似合っている。

「知磨ちゃんをカレンダーにするの、やめなって」

綾香と揃いのエプロンをつけて、隣で伝票の整理をしていた純が、呆れたような声を出した。

「だって、珍しくない？　あんたが週末じゃないのに自由が丘にいるのって。なんか新鮮。……大学はどうしたの？」

知磨は事情を説明してから、これはちょうどよいと考えた。佐奈の最近の動向について、純に質問をぶつけてみたのだ。きょとんとした顔をしていた純だったが、突然、にんまりと笑った。

「知磨ちゃん、ものすごくタイミングいいね。……実は今日、三島さんここに来るんだよ」

「えっ、本当ですか」

「うん。こないだアドバイスもらって直した絵本のラフ、見て欲しいって頼まれたんだ。ていうか、もうそろそろ約束の時間だから……」

純がそう言って腕時計を見た時に、後ろから明るい声が聞こえた。

「こんちは～！　……って、あれ？　なんでちまちゃんがおるん!?」

知磨が驚いて振り返ると、ニット帽を被りトートバッグを抱えた佐奈が、目を丸くしてそこに立っていた。

少し話をしてみて、佐奈が元気そうなことは分かった。だから知磨は、敢《あ》えて彼女の体調を気遣ったり、亮介の話題を出すことは思《おも》い止《とど》まった。安易な詮索癖《せんさくへき》がなかなか抜けない自分にしてはよく頑張ったと、自分で自分を褒めてやりたい気分だ。

「うん……、すごくよくなったんじゃない？　あとは色の話で、さっき伝えた細かい点だけ清書のときに検討して、修正を入れるなり、このままでいくなりしたらいいと思うよ」

知磨も読ませてもらったが、純が言うように、佐奈の絵本は随分と完成度が上がっていた。

「おおきに、ちまちゃん」

感想を伝えると、佐奈は照れくさそうに笑いつつ、純から受けたアドバイスを手帳にメモしている。その様子を見るともなしに見ていると、メモを終えた佐奈と目が合った。彼女は、知磨の興味が手帳の中身にあるのだと思ったらしく、それを軽く持ち上げると、こんな説明をしてくれた。

「これ、うちのネタ帳。お話の種になりそうなことがあったら、なんでも書き残しとくねん。……見てみる？」

そう言って無邪気に笑いながら、手帳を差し出す佐奈。

「よくやるね三島さん。僕にはできない……」

そううめいた純によると、ネタ帳を他人に見せるのは、彼には想像できないほどの苦行なのだという。しかし佐奈は気にした様子もなく、知磨の手に乗せた手帳のページを、ぱらぱらとめくってみせる。短い言葉の切れ端や、簡単なスケッチ、時折、きちんと彩色したイラストまで現れる。なかでも知磨は、とあるページに目を引かれた。

「わ、すごい。……これ、お面ですか？」

どうやらそれは、喫茶店のスケッチのようだ。L字型カウンターに、様々な珈琲器具。そしてなぜか壁には、数え切れないほどのお面が掛けられている。ページの余白には『サロン。お面。ギネス』そして『遥かなるボイジャー』と走り書きしてある。右下には、『20XX.07.14』の日付が見えた。

「こんな面白いお店があるんですか？」

知磨が訊くと、佐奈は珍しく、少し困ったような、混乱しているような顔をした。

「うぅん、ちゃうねん。……いや、違わへんかもしれんけど」

要領を得ない佐奈の反応に、知磨は首を傾《かし》げる。すると佐奈は、照れくさそうに笑ってから、こう白状した。

「たはは……、実は、なんで描いたんか自分でもよく覚えてへんねん、このページ。そんな昔でもないねんけど。……寝ぼけてたんかな」

手帳のスケッチをちらりと見て、佐奈の瞳が不安げに揺れている。亮介の言う『記憶障害』という単語が、不気味な迫力を持って脳裏に蘇り、知磨の胸がどくんと高鳴った。次の瞬間、知磨はほとんど反射的に、話題を逸らしていた。

「でも、すごいですね。普段からこうやってたくさん、ネタ集めしてるなんて。見せて頂いて、ありがとうございました」

少し大げさなくらい明るい調子でそう言いながら、手帳をそっと閉じて、佐奈に返す。

「おそまつさま」

はにかみながらそれを受け取った佐奈の表情に、微かな怯えの色がよぎったのを、知磨は見てしまった。

＊

週末、土曜日の朝。

カフェ六分儀にて開店準備を進めながら、知磨は月曜日の出来事を日高に話して聞かせていた。

「ふぅん。そんなことがあったんだ」

カウンターのなかでお湯を沸かしながら、日高がゆっくりと頷く。拓はもう準備を終えたのか、厨房の入り口に背中を預けて、腕組みをして話を聞いていた。

「〝サロン〟に〝ギネス〟に〝ボイジャー〟。ちっとも脈絡がないな」

拓の言葉に頷いてから、知磨は先を続けた。

「手帳に描かれたそのお店、かなり特徴的なんです。壁一面に、いろんなお面があったりして。でも佐奈さんはよく覚えていないって言うんです。メモや日付も入っていたし、そう簡単に忘れるものでもないと思うんですけど」

「日付は、いつだったの？」

「えと……、去年の、七月でした」

日高がコンロの火を弱めて、ふむと頷く。

「梶谷くんが言っていたね。三島さんが怪我で記憶を失ったのは、去年の秋口だったと。するとそのスケッチは、それ以前に描かれたことになる」

日高はあごにそっと手を当てて考えるような素振りを見せてから、知磨を見た。

「お面のある喫茶店が、梶谷くんとの思い出に関わるような場所なので、彼のことと一緒に忘れてしまっている、という可能性はないかな」

「確かに、梶谷さん言ってましたね。佐奈さんが記憶を失う前、お気に入りのカフェでよくデートしたって。……でも、だったら佐奈さんはどうして、そんなに親しい梶谷さんのことだけを」

唇を噛む知磨に向けて、日高は珍しく、少しだけ沈んだ声で言った。

「彼女自身も気付いていないような、脳の自己防衛《ぼうえい》機能が働いたのかもしれない」

「自己防衛、ですか」

知磨が聞き返すと、日高は頷いた。

「恋人である梶谷くんとの関係や将来のことで、なにか大きな不安があって、それが彼女を追いつめていたとしたら……。〝忘れること〟が、彼女にとってプラスになると、脳が判断したのかもしれない」

拓が腕組みを解いて、嘆息まじりに言った。

「なんにせよ情報が少なすぎるし、想像の域を出ないな」

開店直後、ドアベルを鳴らして訪れたのは、思いもよらぬ人物だった。

私服姿の神田えみりは、知磨を見つけるなり、ぱっと顔を輝かせた。

「来たよ！　……わっ、ちょっと、ウェイトレス知磨ちゃん可愛すぎ！」

「えみりちゃん⁉」

「えへへ、今日はちょっと、日高さんに用があって」

えみりは日高と拓に挨拶をすると、手にしていた紙束を日高に差し出した。A四判、カラー印刷のようだ。

「商店街振興組合から頼まれました。自由が丘スイーツフェスタのチラシです！」

「ありがとう。置かせてもらうよ。今年《ことし》の目玉は、なにかあるの？」

「さすが日高さん、いい質問ですね！　えっと、理事長さんのお話だと、海外から有名なストリートパフォーマーの人を呼ぶらしいですよ」

日高とひとしきり会話を交わしてから、えみりは知磨に向き直り、にかっと笑った。

「世間話という名の情報交換！　これも立派な、セザンジュのお仕事さ！」

えみりのセザンジュとしての仕事ぶりを知る知磨としては、彼女の言う『情報交換』がどれだけ大切なのか、ちゃんと理解することができた。こうして集める活きのいい情報や、培《つちか》った人脈が、彼女の武器となるのだろう。

「かっこいいですね、セザンジュさんって」

「キーワードは、ホスピタリティ！」

「えっと、それ、なんでしたっけ。聞いたことあるんですけど」

「お・も・て・な・し！　今はなんでもスマホで調べられちゃうでしょ？　でも、ネット検索じゃ見つからない情報って、あるじゃない？」

知磨が頷くと、えみりは先を続けた。

「その人の興味とか、ちょっとした事情とか、なにを望んでいるのか、とか……。向き合って話すからこそ分かることがあって……、だからあたしたち、いつも柔軟な〝おもてなし〟を心がけてるの。マニュアル通りの〝サービス〟じゃなくて」

「……すごい」

「セザンジュそれぞれに得意分野があるから、普段から情報共有してるし、いざという時は連絡取り合って助けてもらったりもするんだ。それに自由が丘って、場所によってはお店の入れ替わりが多いんだけど、いつも足を使ってこの街の〝今〟を集めてるから、ガイドブックにはない最新情報もバッチリさ！　あとね、あたしたちが制服着て街のいろんなところにいると、体感治安ってヤツの向上にもひと役買ってるんだって！」

嬉しそうに語るえみりを見ていると、彼女がこの仕事にかける情熱が伝わってくる。聞いている知磨の顔までもが、自然とほころんでくるから不思議だ。

「えみりちゃんは、どうしてセザンジュになったんですか？　大学の授業がきっかけで？」

ふと気になって、知磨は訊いてみた。

「活動の柱は、授業とクラブ活動の二本立て。単純に興味から始めるコもいるし、先輩セザンジュに憧《あこが》れて……、みたいなコも多いんだよ。でもあたしは違うんだ。あたしはね、この街に恩返しがしたい！」

「恩返し？」

知磨はその言葉に興味を引かれて、身を乗り出した。

「あたし、自由が丘で生まれ育ったんだ。おじいちゃんがお店やってるの。飲み屋さん。それで、小さい時から、お店手伝ったり、街中を探検したり、いろんなお店の人に優しくしてもらったり。この街が、あたしを形作ってくれた。自由が丘が大好きだから、初めて訪れる人にもこの街を好きになってもらいたい。セザンジュならそれができるし、あたし自身ももっと、この街を楽しめるし、好きになれる。……そう思って、地元の大学に入ったんだ！」

ひと息に言い終えて、えみりは少し照れたように笑った。その様子が眩しくて、知磨は思わず目を細めてしまった。

「すごいね……。私、どちらかと言うと生まれ育った土地にはあまり愛着がなくて……。それに、自由が丘の街に憧れて上京《じょうきょう》したけど、今だって、ちゃんとした夢とか目標があるわけじゃないですし……、えみりちゃんみたいに、キラキラしてる人を見ると、憧れます」

「夢と目標は、ちゃんと区別しとけよ」

珍しく、拓が口を挟んできた。

「なんですか拓さん、どういう意味ですか」

「『作家になる』、『脱サラして喫茶店を開く』、これは目標。『戦争や飢餓《きが》のない、全ての人間が平等かつ幸せな世界の実現』、これは夢だ。……分かるだろ？　目標の実現に向かって日々邁進《まいしん》しつつも、胸のなかにはちゃんと夢を持っている。これが、バランスの取れた人間像というもんだ」

拓としては、さりげない人生訓のつもりだったのかもしれない。しかし、二十代の入り口に立ったばかりの女子大生である知磨にとっては、黙って拝聴《はいちょう》するには少しばかりハードルが高かった。

「分からなくはないですけど……、なんだろう、拓さん、それ……、間違っても若い女子に向かってあんまり披露《ひろう》しないほうがいいですよ」

「どういう意味だよ」

「えっと、なんていうのかな……。むず痒《がゆ》くなるというか。ちょっと、いえ、かなり、イタいというか」

拓の顔がさっと朱に染まる。

「う、うるせえよ！　人生の挫《ざ》折《せつ》と栄光も知らん小娘に言われたくないわ！　甘ちゃんどもめ！」

「なんですかそれ、どこの悪役ですか」

半眼を向ける知磨の隣で、えみりがにこやかに笑った。

「さすが綱島さん。相変わらずの〝ＳＣＺ〟ですね」

「えすしーぜっと？」

知磨がおうむ返しに訊いて、拓も怪訝《けげん》な顔をしている。

するとえみりが、知磨だけに聞こえるように、彼女の耳元に口を寄せた。

「セザンジュたちで綱島さんのこと、そう呼んでるの。なんの略かっていうと……」

それを聞いた知磨が、大きく噴《ふ》き出した。

「言い得て妙ですね」

「でしょ？　他にもいろいろあるんだよ！」

「今度、聞かせてください。私の知ってる人、いるかな」

同年代の女子同士で盛り上がるふたりを前に、拓は苦々しい顔だ。

「セザンジュのみんなのセンスは、なかなかのものだからね」

のんびりと楽しそうに、日高が笑った。

「えっ、マスターも〝SCZ〟、知ってるんですか？」

にこりと笑う日高を見て、拓が憤った。

「……日高、お前」

「安心してね、えみりちゃん。拓には絶対教えないから」

「だからこそ、日高さんには教えたんです！」

日高とえみりが、爽やかな笑顔で頷き合う。完全に除け者《もの》になった拓が、努めて平静を保ちつつ、「くだらん」と吐き捨てた。

「……さて。そんなえみりちゃんに、訊いてみたいことがあるんだけど。いいかな？」

日高がそう問うと、えみりは居住まいを正して、彼に向き直った。

「はい、なんなりと！」

「自由が丘にあるカフェで、壁一面にお面が飾られているようなお店を、知っているかい？」

「『クラリネット』ですね！」

即答だった。

「えみりちゃん、いったことあるのかい？　その店のメニューにも、詳しい？」

「もちろん！　自由が丘のカフェなら、だいたいは制覇《せいは》してますから。この頭と舌が、あたし自慢のデータベース！　……いえ、待ってください。こっちのほうが、分かりやすいかな？」

えみりは革のショルダーポーチから、小振りのノートを取り出す。ぱらぱらと中をめくり、とあるページを開いて見せてくれた。

「同じだ。……佐奈さんの手帳にあったスケッチと……」

思わず知磨は、声を上げていた。そこには、えみりの手による簡単な店内のスケッチと、メニューや食器などの詳細がメモしてある。絵の技術は佐奈とは比べ物にならないが、雰囲気は十分に伝わってくる内容だ。

「この『グスタフスベリ』って、なんですか？」

そう訊いた知磨に、えみりが教えてくれた。

「スウェーデンの、有名な陶磁器《とうじき》の老舗《しにせ》ブランド。『ベルサ』シリーズっていう、葉っぱのデザイン、知らない？」

知磨が首を横に振ると、えみりが補足説明してくれた。

「スティグ・リンドベリっていうデザイナーさんの作品で、人気があってコレクターも多いんだよ！　ヴィンテージ品はお値段も本格的。クラリネットではマスターの好みでグスタフスベリのカップを使ってたんだけど、お店の雰囲気とあんまり合ってないって、ある意味で有名だったんだ」

「〝サロン〟や〝ギネス〟って単語はどうだ」

拓の問いに、えみりが得意げに答える。

「クラリネットのマスターは、ご自分のお店を喫茶店じゃなくて、『年齢《ねんれい》も性別も肩書きも関係ない、いろんな人が集《つど》って語り合うサロンだ』って仰ってました。そのマスターの好物が、ギネスビールです。いつもカウンターのなかに座って、ちびちび飲んでるの！」

眉根を寄せた拓が、さらに訊いた。

「なら、〝ボイジャー〟は？」

えみりはしばらく虚空《こくう》を睨んでいたが、やがて降参とばかりに首を横に振った。

「……なんだろ、それはちょっと、思い当たりません」

その間、日高は黙って、長い睫毛を伏せて考え込んでいた様子だったが、つと視線を上げると、えみりに向けて、こう訊いた。

「もしかして最近、そのお店について、誰かになにか、訊かれなかったかい？」

その時、知磨は思い出した。確か亮介もあの時、クラリネットという店名を、口にしていなかったか。

「あ、そうです。知磨ちゃんに紹介してもらった、梶谷さんという方に。……どうして分かるんですか？」

えみりも驚いた顔で、日高をまじまじと見つめている。

「その時、彼はなにを探していたのかな？」

「あの時はですね。えっと……、確か……」

えみりの答えを聞いた日高が、確信を得た顔で、ひとり静かに頷いたのだった。

＊

翌日、日曜日の朝。

知磨は普段より少し早めに家を出て、六分儀への出勤前に、春川珈琲へとやってきた。昨日あのあと、日高から、おつかいを二つばかり頼まれたのだ。

「日高さんから聞いてるわよ。はい、これ」

綾香がそう言って手渡してくれた袋には、焙煎された珈琲豆が入っていた。量は百グラムほどで、決して多くはない。

どうやら昨日のうちに日高から連絡があり、事情は説明されているらしい。綾香は訳知り顔で、袋のなかをのぞき込んだ。

「日高さん、またなにか閃《ひらめ》いちゃったの？　自分のために珈琲を淹れて？」

冗談まじりにそう言う綾香。知磨は今気付いた、という様子で、驚いた顔を見せた。

「そういえば今回はまだ……、それ、見てないです」

「ふぅん。じゃ、そのための準備なのかな、これ」

礼を言って春川珈琲をあとにした知磨は、自由が丘デパートを出ると、続けてキッチンプラスへとやってきた。

輸入《ゆにゅう》食料品や雑貨を取り扱う店で、カフェ六分儀にも食材を卸《おろ》している。店主は小柄でぽっちゃりとした体型の、カンさんこと神崎文雄《かんざきふみお》である。

「いよぉ、知磨ちゃん！　日高から電話で聞いてるよ、おつかいだろ？　ちょっと待ってな」

手近な棚をごそごそと漁《あさ》り、カンさんが小さな包みを渡してくれた。手のひらに乗ってしまうようなサイズだ。

「なんだぁ、日高がまた、なにか企《たくら》んでんのか？」

「どうでしょう。……私にはまだ、分からなくて」

「おっと忘れてた。こいつもだ」

カンさんはそう言って額をぴしゃりと叩《たた》くと、パック入りの牛乳を渡してくれた。

キッチンプラスを出て、熊野神社参道から六分儀に辿《たど》り着き、ドアを開ける。

「おはよう、ちーちゃん」

カウンターのなかには、日高がいた。厨房の入り口に、拓が背を預けて立っている。

ここまでは、普段通りだ。

「おはようございます。……あっ」

知磨は、思わず声を上げてしまった。

開店前の店内、窓際のテーブル席に所在なさげに座っているのは、なんと佐奈である。彼女は知磨の顔を見て、救われたような表情を浮かべて少し腰を浮かせた。

「僕から頼んで、来てもらったんだ」

日高がゆっくりと、そう教えてくれた。佐奈に連絡を取るには、純に頼めばできないことはないだろう。

「マスター、いったい……、なにをするつもりですか」

恐る恐る、知磨はおつかいの品物を日高に手渡す。日高がそっとウィンクをした。

「僕にできるのは、美味しい珈琲を淹れることだけだよ」

控え室に駆け込み急いで着替えてホールに戻ると、日高がカウンターのなかで動き始めていた。コンロの上ではもうお湯が沸いており、隣では琺瑯《ほうろう》の手鍋《てなべ》でミルクが温められている。

テーブル席の佐奈の表情には微かな怯えの色が見え隠れしており、知磨は気が気でない。

日高はカウンター内に珈琲サーバを置くと、ドリッパーとペーパーフィルタをセットした。続けて、知磨が春川珈琲で綾香から受け取った豆を電動ミルへ。できあがった粉をきっちりと量《はか》りフィルタに入れると、使い込まれた銅製のドリップポットを手に、穏やかな表情で抽出を始めた。細く注がれたお湯が珈琲粉を膨《ふく》らませ、店内に豊かな香りが漂う。

その時知磨は、日高の手元に用意されたカップに気がついた。白をベースに、グリーンで葉模様が描かれた北欧風《ほくおうふう》のデザイン。ひょっとすると、えみりの言っていた『グスタフスベリ』、『ベルサ』シリーズのカップだろうか。普段、六分儀で使っている白磁のカップとは印象がガラリと違う。

やがてドリップが終わり、日高はドリッパーを外した。粉の上には細かな泡が残っており、『これが上手く抽出できた印』だと、いつか日高が言っていたことを思い出す。サーバからカップへ珈琲が注《つ》がれ、そこに温めた牛乳を加える。続けて日高が取り出した小さな袋は、キッチンプラスでカンさんから渡されたものだ。薄茶色《うすちゃいろ》の細かいパウダーが入っており、日高はそれをひとさじ、カップの上にふりかけた。独特の香りが立ち上り、知磨の鼻をくすぐった。

「これ……、知ってます。えっと、シナモンの香り？」

「正解。シナモンカフェオレだよ。ちーちゃん、これを三島さんのテーブルに」

「はい。でも、どうしてカップが二つあるんですか？」

「すぐに分かるよ」

日高にウィンクされた知磨は戸惑いつつも頷くと、カウンターの上に置かれたシナモンカフェオレをお盆に載せて、佐奈に給仕した。もうひとつのカップは、とりあえず佐奈の向かいの席にそっと置いておく。

微かにシナモンの香りが立ち上り、眩しい朝日が窓から店内へと差し込んでいる。カウンターのなかにいる日高が、困惑顔の佐奈を優しく促した。彼女は小さく頷くと、シナモンカフェオレに口をつける。

「………美味しい」

彼女が呟いたが、その表情はまだぎこちない。一方で日高は、相変わらず穏やかな微笑みをたたえている。ふと見れば、いつの間にか拓が控え室の前まで移動している。戸惑いながら、佐奈がもう一度、カップを口に運んだ。

その時である。

彼女の表情に、ちょっとした変化が訪れた。驚きの合間に、どこか怯えるような色が見え隠れする。

「佐奈、さん？」

それを感じ取った知磨は、恐る恐る彼女の顔をのぞき込んだ。ちょうど、その時だった。日高が拓に向けて頷き、拓が控え室のドアを開ける。

なかから現れた人物を見て、知磨は呆気に取られてしまう。

「梶谷さん!?　どうして……」

慌てて振り返ると、佐奈は亮介の存在に気付いたようで、目を丸くしている。しかし、ひどい頭痛の症状はまだ出ていないようだ。そればかりか、佐奈が亮介を見つめる顔つきが、これまでとは明らかに違う。それはまるで……、なにかを探るような、思い出そうとするような、そんな素振りを見せているのだ。時折、少し顔をしかめるのは、軽い頭痛があるのかもしれない。亮介は緊張《きんちょう》した面持ちで、そんな佐奈の様子をじっと見つめていた。

「梶谷くんも、ぜひご賞味を」

日高が、声をかける。亮介は彼を見返して、頷いた。そこでようやく知磨は思い至る。今日のこの『試み』には、亮介も一枚嚙んでいるのだ。しかし、日高はどうやって亮介に連絡を取ったのだろう。そこまで考えて、知磨は交換票のことに思い至った。交換票には、必ず連絡先を記入してもらっているのだ。

亮介は静かにテーブル席に歩み寄ると、椅子を引いて、佐奈の向かいの席に腰を下ろした。

グスタフスベリのカップを持ち上げ、彼もシナモンカフェオレを一口。するとこれまで固かった表情が、少し和らいだように見えた。

「……見事です。日高さん」

「ありがとう。さぁ、梶谷くん。諦めるのは、まだ早い」

「ですね。……今さら、怖いものはありませんから」

亮介は軽く笑うと、どこか吹っ切れたような顔で、佐奈に向き直った。

その視線からは、静かな決意が伝わってくる。結果はどうあれ、それをありのまま受け入れようとする、静かな決意だ。そして彼は、短く息を吸うと、佐奈に向けて喋り出した。

「地球は今も、ボイジャーに交信を呼びかけてる。十七時間かけて届くその声を待ち望んでるんだ。……向こうが、地球からの指令を待ち遠しく思っているかは、分からないけど」

彼は、そんなことを言った。佐奈の表情は緊張で強《こわ》ばっている。

「俺の声は、キミにはもう届かなくなってしまった」

頭痛が襲《おそ》ったのだろうか、佐奈が微かに顔を歪める。亮介はそんな彼女を見て、一瞬怯みかけた。しかし、思い切って先を続ける。

「通信用アンテナの向きを調整できなくなった？　それとも信号の感度が落ちてしまった？　……通信はもう、途絶した？」

彼の声が細くなり、六分儀の店内はしんと静まり返った。

「……『ちゃんとアンテナ張っとかなきゃ』って、言ったじゃないか……」

最後に聞こえたのは、絞り出すような、亮介の声だった。知磨は息を飲む。彼は、泣いていた。声を殺して、唇を噛んで、泣いているのだ。しかし視線は、佐奈から逸らさない。澄んだ涙が、彼の頰を伝った。

その時である。

これまで停滞していた店内に、ふっと風が吹いたような気がした。実際にはドアも窓も閉まっており、空調も止まっている。それでも知磨には、はっきりと感じられた。佐奈と亮介のもとになにかを運んでくる、微かな風を。

「…………りょーさん？」

これまでに聞いたことのない、声だった。それは、佐奈の声だ。ごく親しい人に向けるような、無防備で、どこか甘えるような、彼女にとって一番、魅力的《みりょくてき》な声。

佐奈は、まっすぐに亮介のことを見ていた。その表情は、今や明らかに、目の前の彼を〝親しい相手〟として認識している。亮介はそんな佐奈を見返しつつも、まだ嗚《お》咽《えつ》を嚙み殺している。声を出すことができないのだ。

「なんで……、泣いてるん？」

そう言った途端、佐奈の大きな瞳にも涙が滲んだ。それはみるみる溢《あふ》れ出し、大粒の雫《しずく》となって、彼女の白い頰を転がり落ちる。

そんなふたりの様子を見ていた知磨の目《め》頭《がしら》が熱《あつ》くなり、両手で口と鼻をそっと覆《おお》った。恐る恐る、訊いてみる。

「佐奈さん……、思い出したん、ですか？」

その時佐奈を頭痛が襲ったのか、彼女は強く両目を閉じて、その場で身体を小さくした。片手で頭を押さえて、再び開いた目に涙を溜《た》めて困惑した表情のまま、知磨を見て、強く首を横に振る。

「分かれへん……、分からへんねん、知磨ちゃん、どういうことなん！　うち、なにを忘れて……」

彼女は自らの記憶と感情を摑みかねているのか、動揺しているように見える。肩は細かく震えていて、頭も痛むのか、時折、微かに目元を歪める。

知磨は佐奈のもとに駆け寄り、その背中をそっと撫《な》でた。すると、日高が、落ち着いた声で言った。

「三島さんの記憶の回路、一瞬とはいえ、繋がったのかもしれないね」

「どういうことですか、マスター」

「三島さんはもう、梶谷くんのことを〝知らない〟とは、言えないんじゃないかな」

それを聞いて、佐奈が恐る恐る、こくんと頷いた。

「うち、分かります。……この人が」

そう言って彼女は、遠慮《えんりょ》がちに亮介のことを見た。

「この人はうちにとって、特別な人や。上手く言葉では言われへんけど……、それは、分かる気がするねん」

そう表明することで、佐奈自身も少し落ち着いたようだ。知磨は、彼女をそっと観察する。向かいに座る亮介を見る佐奈の表情は、以前までとは明らかに違う。

その時には、嗚咽を堪《こら》えていた亮介も落ち着き、店内には一応の平静が戻ってきた。カウンターのなかでは、カフェ六分儀のマスターである日高が、新しい珈琲サーバを用意している。六分儀ブレンドのガラスケースから珈琲豆を量って電動ミルに入れ、できあがった粉をフィルタの上へ。そして銅製のポットを片手に、静かに抽出を始めた。

知磨は、佐奈の背からそっと手を離すと、日高のほうを見た。やがて珈琲の抽出は終わり、白磁のカップに熱い六分儀ブレンドが満たされた。馥郁《ふくいく》たる香りが立ち昇るカップを、日高自らが持ち上げひと嗅《か》ぎすると、ゆっくりと口に運ぶ。

伏せられた長い睫毛に知磨が見とれていると、日高は顔を上げてこんなことを言った。

「そのシナモンカフェオレ、閉店した『クラリネット』の味を、できるだけ忠実に再現してみたんだ」

「……再現、ですか？」

「まず豆。これは綾香ちゃんに訊いて、クラリネットに卸していたのと同じブレンドで用意してもらった。次にシナモンパウダーと牛乳は、カンさんに頼んで、これも同じ物を。クラリネットが原材料を全て、ウチと同じルートで仕入れていたことは、幸運だったよ」

「そ、それはすごいですけど……。それでどうして、佐奈さんの記憶が？」

「味や香りは、記憶と深く結びついているらしいからね」

「記憶と、香りがですか？」

驚く知磨に向けて、日高が続ける。

「僕たちは外界の出来事を、視覚、聴覚、味覚、触覚、そして嗅覚《きゆうかく》といったセンサーで捉《とら》えて、その情報を脳にインプットする。嗅覚が伝わるとされるのは、本能行動、情動に大きく関与する大脳辺縁系《へんえんけい》。そして、その領域には、記憶に関する〝海馬《かいば》〟と呼ばれる部位が含まれるんだ。つまり脳では嗅覚情報を処理する時、同時になにを感じたかという情動も、一緒に記憶に残りやすいのさ」

知磨は感嘆のため息をついた。

「でもどうして……、シナモンカフェオレなんですか？」

「えみりちゃんに教えてもらったんだ。梶谷くんが探していた、ウチにはなくて、クラリネットにはある、アレンジコーヒー。そして三島さんが、えみりちゃんのデータベースと照あるのに、詳しく思い出せないという店の特徴は、えみりちゃんのデータベースと照らし合わせても、クラリネットとぴったり一致する。だから、ふたりは在りし日のクラリネットで、一緒にシナモンカフェオレを飲んでいたに違いない、と思った」

日高がカップを口に運び、満足げな吐息を漏らす。

「記憶障害といっても、印象深い出来事は覚えていることが多いそうなんだ。だから、感情に訴えかけることは有効だと思って、梶谷くんにも協力してもらった。……ふたりがいつも座っていたという窓際の席で、クラリネットと同じ材料で作ったシナモンカフェオレを向かいあって飲みながら、彼になにか、三島さんの記憶を呼び覚まさせるような、印象的な話をしてもらう……。それが、僕の試したかったことさ」

知磨はそこで、亮介を見た。そもそも彼がシナモンカフェオレを出すカフェを探していた理由は、それが佐奈の記憶を蘇らせる可能性を追い求めるが故だった、というわけか。

「同時に視覚にも訴えるために、クラリネットで使っていたのと同じ、グスタフスベリのカップとソーサーまで用意したんだ。復刻版じゃなくて、ヴィンテージ。ヤエさんのコレクションから、お借りしてね」

日高が、茶目《ちゃめ》っ気《け》たっぷりに微笑んだ。

そんな彼の狙い通り、佐奈の記憶は一時的にであれ蘇った。しかしそれは継続保持できるものではなく、佐奈の記憶に変化をもたらしたあとに、儚《はかな》く失われてしまったのだ。

知磨は恐る恐る、彼女に声をかけた。

「佐奈さん、……大丈夫ですか？」

佐奈も黙って、日高の話を聞いていた。そして今しがた、自分の身になにが起きたのかは、彼女自身が一番よく分かっているようだ。

「うん。ちょっとまだ、混乱してる。……でも、今ならちゃんと分かるねん。この人はとっても……、大切な人やってこと」

佐奈はそう言って、対面に座る亮介を見た。うっすらと滲んだ涙を目の端に溜めて、続く言葉を絞り出した。

「……それなのにうち、なんで、忘れてしもたん……、やろ」

すすり泣く佐奈が指先で涙を拭《ぬぐ》い、悔恨《かいこん》に歪む顔を隠すようにして、頭を下げた。

噛み締めた奥歯の隙間から、ごめんなさい、とか細い声を漏らす佐奈の肩に、亮介がそっと手を置く。顔を上げた佐奈の瞳から、もはや怯えの色は完全に消え去っていた。

しばらくふたりだけでゆっくり話がしたいだろうと、知磨はテーブルから離れた。ちょうどそこへ新しい来客があり、拓や日高もそれぞれの持ち場で仕事をこなすことになる。そこから続けて数組の客がドアベルを鳴らし、知磨たちスタッフは忙しく立ち働いた。

再び店内が静かになる頃には、ちょうど小一時間が過ぎていた。

知磨は頃合いを見て、佐奈と亮介のテーブルに向かった。お冷やのおかわりを注ぎ終えたところで、亮介が遠慮がちに言った。

「いろいろ、話したよ。誤解も解けたし、お互いの気持ちと立ち位置を再認識して、今ようやく落ち着いた感じかな」

部分的に記憶をなくした佐奈は分かるが、なぜ亮介までもが、どこか照れくさそうにしているのだろうか。

「よかったです」

知磨が微笑むと、亮介は小さく頷いた。

そして彼は、まっすぐに佐奈を見た。なにかを決意したような、どこか凛々《りり》しい表情だ。

「改めて、ちゃんと伝えるよ。これまで築いてきた記憶は、キミのなかで失われてしまったけど……、俺は、これからまたキミと一緒に、その思い出を一から築いていきたい」

佐奈が、はっと目を見開いた。

「忘れたって、想いが消えるわけじゃないんだ」

亮介が呟き、佐奈は静かに頷いた。それはまるで、これから付き合いを始めることになった、初々《ういうい》しい恋人たちの姿だ。

思い切った告白を隣で聞くことになった知磨は、どぎまぎしてしまったが、嬉しい気持ちのほうが大きかった。佐奈はまたここから、亮介のことを少しずつ知ってゆくのだろう。

佐奈が口元に照れ笑いを浮かべたまま、傍らにあるカバンを探った。やがて取り出したのは、一冊の手帳だ。彼女はそれをぱらぱらとめくり、クラリネットのことが描かれたページを開いた。

「その手帳は三島さんにとって、さしずめ『過去の自分からの〝贈り物〟』だね」

カウンターから出てきた日高が、佐奈の手元を見てにっこりと笑う。

「うん。そう思います。……昔の自分に、感謝やね」

佐奈は感慨深そうに言って、指先で手帳をそっと撫でた。しばらくそうしていた彼女だったが、ふと、壁際の飾り棚を見た時に、ぱっと顔を輝かせた。

「あっ、なんか、すごい綺麗なバラがある！」

彼女が興味を示したのは、なんと亮介が置いた、プリザーブドフラワーの鉢だ。もちろん彼女は、そのことを知らない。とはいえ熱心に視線を注ぐ様子を見ると、どうやら一目惚《ひとめぼ》れしたようだ。席を立って飾り棚に近づくと、うっとりした表情で鉢を眺めている。

「ちょっとほんまに……、うち、このバラに運命感じる……。なんでやろ……、すごい、気になる」

そんな彼女の後ろから、日高がどこか嬉しそうに言った。

「〝贈り物〟交換、なさいますか？」

等価交換の説明を受けた佐奈が、少し興奮《こうふん》気味に頷いた。

「なにそれ、めっちゃ素敵！　したいしたい！　えっと、じゃあ、代わりに置くもんは……」

佐奈が座席に戻るのと同時に、なぜかそわそわし出した亮介が、席を立って飾り棚の近くへとやってきた。プリザーブドフラワーを気遣わしげに見て、それを触ろうとして、触っていいものか逡巡する。最後には救いを求めるようにして、日高を見た。

日高は全て分かっている、といった風情で、浅く頷いた。彼は手を伸ばして、プリザーブドフラワーの鉢をそっと触る。花と花の隙間から、〝小さななにか〟を指先でつまみ上げると、それを誰にも見えないようにして、亮介に手渡す。驚きの表情で自らの手のなかを見つめていた亮介が顔を上げて、ぽかんとした表情で日高を見た。

亮介に向けて悪戯っぽく微笑んでから、日高は佐奈に向き直った。

「三島さん、実はそのプリザーブドフラワー、梶谷さんからお預かりしているものなんです」

驚く佐奈に事情を簡単に説明してから、日高は再び亮介を見た。

「梶谷さん。もう一度、お訊きします。この〝贈り物〟は今のあなたにとって、『意味のない』ものですか？」

亮介は口を引き結び、日高の目をまっすぐに見返して、それからゆっくりと首を横に振った。

「どこか捨て鉢な気持ちでこの花をお預けした時、あなたから言われた言葉が、ずっと頭から離れませんでした。……『〝贈り物〟に込めた想いは、たとえ忘れてしまっても、決して消えることはない』……。きっとこの飾り棚に並んでいる他の〝贈り物〟にも、同じような想いが詰まっているんですね」

そして亮介は佐奈の隣に立ち、飾り棚に置いたプリザーブドフラワーを見つめた。

「今の俺には、この花に込めた想いを手放してまで、手に入れたい〝贈り物〟はありません」

「分かりました。……では、この鉢はお返ししましょう」

日高はにっこりと笑うと、プリザーブドフラワーを亮介に手渡した。亮介はそれを受け取り、日高に向けて長い長いお辞儀をした。それから、彼は佐奈に向き直る。少し照れくさそうに、小声で言った。

「よかったらこの花を、受け取ってくれないかな？」

佐奈は驚きと嬉しさで頰を染めて、かすれた声を出す。

「……え？　……いいん、かな？」

「もともと、キミにあげるために用意した物だったんだ。だから……、『運命を感じる』と言ってくれて、すごく嬉しかった」

珈琲の香りが漂い、明るい陽《ひ》の光が差し込む店内で、かけがえのない大切な宛名を取り戻した〝贈り物〟が、亮介から佐奈の手に渡った。

知磨は高鳴る胸を両手で押さえ、目を細めてその光景を見ていた。想いの力をまとった〝贈り物〟が、人と人とを繋ぐ瞬間である。ふと気付けば日高がこちらを見ており、目が合った瞬間、軽やかなウィンクが飛んできた。厨房の入り口に背を預け、腕組みして立つ拓も、その口元に優しげな笑みを浮かべている。

知磨はこの上ない幸福を感じて、漂う珈琲のアロマに身を任せて、ゆっくりと目を閉じた。


六分儀を出る時、レジの前で支払いをしていた亮介が、日高に近づいて、彼だけに聞こえる声で囁いた。

「……どうして、分かったんですか？」

彼は握り締めていた左手をそっと開く。そこには、ダイヤがはめ込まれた、プラチナ製のリングがあった。先ほど、日高がプリザーブドフラワーのなかから取り出して、亮介に渡したものだ。日高はちらりとそれを見てから、にっこりと微笑んだ。

「彼女、バラが好きだと言っていたので。……元々あの鉢は、彼女に贈るために、あなたが用意されたもの。生花と違い、いつまでも美しさを保つプリザーブドフラワーは、変わらぬ愛をイメージさせます。……それに、なにより」

日高はお釣りを渡しながら、茶目っ気たっぷりに、ウィンクをひとつ。

「僕にも、プロポーズの経験がありますから」

奥で知磨と喋っていた佐奈がやってきたので、そこで会話を打ち切り、亮介はリングを胸元のポケットにそっとしまい込んだ。

「マスターさん。大切なこと、思い出させてくれて、おおきにです」

佐奈が日高に向けて、ぺこりと頭を下げた。

「またいらしてください。今度は三島さんと梶谷さん、おふたりで」

「はい！　自由が丘に来たら、必ず寄らしてもらいます！」

彼女は満面の笑みを浮かべてから、カフェ六分儀のスタッフ三人を見渡した。

「あの、うち、決めたんです」

「え？　なにをですか？」

知磨が訊くと、佐奈はどこか照れくさそうに笑う。

「絵本で……、キツネたちが人間のお茶の時間を窓からのぞくところ。あの飲み物を、なににするか」

試し読みをして意見を伝えた身として、知磨はすぐにピンときた。佐奈は、新人賞応募用の絵本のことを話しているのだ。

「ひょっとして」

期待に知磨が目を輝かせると、佐奈が応《こた》えるように、にっこり微笑んだ。

「シナモンの香りが漂う、美味しいヤツにする！」

その様子を眺めていた亮介が、誰にともなく、しみじみと呟く。

「それにしても……、なんだか得した気分です。初めて好きになって告白した時の緊張を、もう一度、味わうことができたので」

そう言って、隣に立つ佐奈を見る亮介は、清々《すがすが》しい、優しげな笑みを浮かべている。

初めて見る彼の柔らかい表情に、知磨の胸が熱くなった。

「うー、照れるわ」

プリザーブドフラワーの鉢を両手で抱えた佐奈は、亮介の台詞《せりふ》を受けて、恥ずかしげに俯いている。初々しいふたりの様子を見せつけられて、照れくさくなった知磨が、堪《たま》りかねて隣の拓を強引に揺さぶった。

「ほら拓さん、梶谷さんがいいこと言ってますよ。メモメモ！」

しばらくの間がくがくと揺らされていた拓だったが、ついには知磨の腕を払いのけて叫んだ。

「やかましい！　ぶちこわすなよお前は！」

明るい光の溢れるカフェ六分儀の店内に、笑い声が弾けた。

店を出たふたりは、熊野神社の参道へと入った。澄んだ空気に、瑞々《みずみず》しい新緑の匂《にお》いが混じっている。見上げると、木々の隙間から青い空がのぞいていた。

「良かったよ。……通信、ちゃんと届いて」

そう呟いてから、亮介は内ポケットのなかにあるプラチナリングに、服のうえから触った。これからまた、彼女とたくさん話そう。同じ時間を共有して、お互いのことをたくさん知ってゆこう。そしていつか、またその時が来たら、本当に伝えたかったことを、今度こそ彼女に伝えよう。

積《つ》み重ねた想いは、消えない。たとえ忘れてしまっても、消えるわけではないのだ。だから自分と彼女の間には、〝普通の時間〟を過ごしている人たちに比べて、ずっとたくさんの想いが降り積もっている。

「……うち、親にちゃんと話すから。りょーさんのこと」

急に立ち止まった佐奈がそう言って、亮介は不意を突かれたような顔で足を止めた。

「自分がなにを思ってて、どうしたいのかも、ちゃんと。それを言わへんかったから、勝手にうちの思い出、消されてしもたんやと思うし……」

佐奈は手のなかのケータイを見つめる。

「俺も、ちゃんと言っておかなきゃな」

亮介はもう一度空を見上げてから、言った。

「九州転勤の話、断ったから」

佐奈が目を見開く。

「遠くになんかいかない。俺はずっと、キミの傍にいる。……だから、安心してよ」

少しだけ潤《うる》んだ瞳を俯いて前髪で隠すようにして、佐奈がゆっくりと頷いた。

爽やかな風が参道を走り抜け、ふたりの頬を撫でた。

「……ねぇ、りょー、さん」

佐奈が、ぽつりと言った。

「ん？」

「もし……、もしうちが、りょーさんのこと、また忘れてしもたら……、どないする？」

照れ隠しに横を向いた佐奈の顔は髪に隠れて、表情は見えない。

亮介は刹那《せつな》、言葉を探した。しかし、すぐに思い直す。言うべきことは、もう決まっている。佐奈の質問は、恋人とじゃれ合うための軽い冗談ではない。それが本当に起こり得ることを、今の彼らは知っているのだから。

亮介は、佐奈の前に回り込んだ。

「なにがなんでも、六分儀へ連れていくよ。そして……」

顔を上げた彼女を、まっすぐに見つめる。

「日高さんに頼んで作ってもらったシナモンカフェオレを、また一緒に飲もう」

佐奈が、片えくぼを見せて笑った。そして、亮介の手をそっと握る。

ふたりは、熊野神社の参道脇に佇む、カフェ六分儀を見た。

そこは、人生という航海のなかで目指す方角を見失った人たちが、豊かで優しい珈琲の香りに包まれて、進むべき道を見つめ直す場所だ。

— kokoro drip —

第1.5話
美観街より愛をこめて

初夏の週末、土曜日の夜。カフェ六分儀にて。

常連客でもあるカンさんがひとり、カウンター席に陣取ってビールのグラスを傾けている。

「……かぁ〜っ！　たまらんね！」

グラスを置き、声を震わせる彼の口の回りについた白い泡を見ながら、知磨はその横顔に語りかけた。

「カンさん、嬉しそう」

「嬉しそう？　いやいやそれどころじゃねぇぞ知磨ちゃん。俺はな、この一杯のために仕事してるんだ！　この喜びのために生きてると言っても過言じゃない！」

上機嫌でまくしたてるカンさんを見て、知磨は思わず小さく噴き出した。

「そんなにですか？」

「あたぼうよ！　酒のない人生なんてポイだよ、ポイ！」

大口を開けて笑う彼以外に、店内に客はいない。知磨はリラックスした様子で、隣の椅子の背もたれに手を置くと、少し身をかがめて、カンさんの顔をのぞき込んだ。

「いいなぁ、カンさん、なんだか楽しそう」

「ダメだよ未成年飲酒は。お巡《まわ》りさんに捕まっちまうよ」

カンさんはグラスを空にして笑うと、カウンターのなかに立つ日高に、おかわりをオーダーした。サーバーを操作《そうさ》して新しいグラスを満たした日高が、苦笑を浮かべる。

「彼女はもう、二十歳ですよ」

カンさんがしまった、という顔をしたところに、すかさず知磨が微笑んだ。

「わぁ嬉しいなー。カンさん私のこと、若く見てくれてたんですねー」

日高から受け取ったグラスを、どんと、少々勢いよくカンさんの前に置いて、知磨はカンさんの横にぴったりと立っている。

「い、いやぁ、知磨ちゃんて、ちっこくて可愛いからさ、つい、まだ高校生くらいだと……」

笑顔を顔に貼《は》り付けたまま微動だにしない知磨をおそるおそる見上げて、カンさんが一度動きを止めた。そして、ごくりと息を飲む。

数秒の沈黙を経てから、カンさんは半ば自棄《やけ》気味に、こう叫んだ。

「いよぉっし！　知磨ちゃん、今度飲みにいくか！」

今度は知磨が、驚く番だった。

「えっ、本当ですか」

「おうよ、おじさんをナメちゃいかんよ。美味《うま》い店、いっぱい知ってるぞ！　焼き鳥にモツ煮込み、串《くし》カツにうなぎ、それとも粋《いき》に蕎麦屋《そばや》で飲むか？」

おもむろに拓が、厨房から出てきた。そして日高の隣に立つと、腕を組んでカンさんをじっと睨み付ける。

「女を連れてく店選びとしては、なかなかのセンスだな」

「……な、なんだよ拓ちゃん、コワイ顔して」

「拓ちゃんはよせ」

「いいじゃねぇか。ヤエさんだって、そう呼んでるだろ？」

拓はそれを無視すると、呆れたような顔でカンさんと知磨を交互に見た。

「俺もいく」

「えっ」の二重奏を聞き流してから、拓は知磨をぎろりと睨んだ。

「酒を飲んだこともないお子様を、ひとりでいかせられるか」

むぐっと口ごもった知磨が、気を取り直したように、涼しい表情を浮かべる。

「お気遣いありがとうございます。でも私、拓さんに面倒見てもらわなくても、大丈夫ですから。大人の女性ですから」

拓も負けじと、せせら笑った。

「俺には見えてるんだよハッキリと。酔《よ》い潰《つぶ》れて痴態《ちたい》を晒《さら》すお前の姿がな」

「待て待て！　いくらなんでも、知磨ちゃんにそんな無理させるかよ！　なんだよ拓ちゃん、俺を疑ってんのか？」

不満そうな声を上げるカンさんを、拓が見下ろす。

「別にあんたがどうこうしなくても、きっとちまいのは自滅する。ウチの店の者が迷惑かけることが分かってるから、保護者《ほごしゃ》として同行するだけだ」

「ちょっと拓さん、そこまで言われたら、さすがの私も腹が立ちますよ」

「まぁまぁ、ちーちゃんも拓も、落ち着いて」

日高が、のんびりとした声で割って入った。

「そういうことなら、僕もいこうかな」

「えっ」の三重奏を聞き流しながら、日高はにっこりと笑った。

「というのも、近いうちに、凜と一緒にご飯を食べる予定だったんだ」

凜というのは日高の娘で、離婚した元妻と一緒に暮らしている。日高は親権を持っていないが、子どもたちとも元妻とも、それなりに良好な関係が続いているらしい。

「みんなと一緒のほうが、凜も楽しいだろうし」

それからカンさんに向けて、こう言った。

「せっかくなので美観街《びかんがい》にいきませんか。神田《かんだ》酒学校《さけがっこう》なんて、どうでしょう」

美観街は、自由が丘デパートから駅と線路を挟んで東側に位置する、ごく狭いエリアのことを指す。古くから数多くの飲食店が軒を連ね、なかには創業七十年を超える老舗もあるほどだ。

お洒落《しゃれ》で洗練されたイメージのある自由が丘のなかでも異彩を放つ、下町情緒《じょうちょ》が漂う場所である。

カンさんが帰ったあと、日高が美観街について、そんな風に教えてくれた。

「自由が丘にそんな場所があったなんて、知らなかったです」

閉店作業を進めながら、知磨は興味深そうに呟く。

「地元客はもちろん、外から街に訪れた人も、優しく受け入れてくれる場所だよ」

「というかだな、ちまいのお前、本当に飲んだことないのかよ」

「お酒ですか？　はい、まだ一度も……」

「大学で、飲み会くらいあるだろうに」

知磨は少し躊躇したが、やがて苦笑を浮かべながら、こう言った。

「参加したことはありますよ、もちろん。……でも、友達がお酒で気分が悪くなるのを間近で見たりして、なんだか怖くなっちゃって。私はいつもソフトドリンクばかりです」

それを聞いた拓が、小さく鼻を鳴らす。

「だいたい、酒を覚えたての大学生なんてモンはな……」

訳知り顔で先を続けようとしたが、笑顔の日高が見ていることに気付いて、拓は言葉を飲み込んだ。

「そういう拓さんは、お酒、強いんですか？」

興味から訊いてみたという顔で見上げてくる知磨に、拓は軽く咳払いを返す。

「まぁ、打ち合わせのあとで、沢木《さわき》と軽く飲んだりもする」

沢木というのは拓と同年代の男性で、彼の担当編集者である。

「へぇ……、なんだかカッコいいですね。悔しいですけど」

曲がりなりにも知磨から肯定的な評価をされたのに、拓はどこか居心地が悪そうだ。

それを見てくすりと笑ってから、日高が楽しそうに言った。

「楽しみだね。ちーちゃんの美観街デビュー」

カンさんと話した結果、月曜日は六分儀が定休日なので、明日の日曜は少し早めに店を閉め、そのあとにささやかな飲み会を開催することに決まったのだった。

「あ、そうだマスター。『神田酒学校』って、お店の名前ですか？　飲み屋さんなのに、学校？」

「えみりちゃんのお爺《じい》さんがやっている店なんだ。正式なお店の名前は『神田』。……まぁ、いけば分かると思うよ」

カウンターのなかを片付け終えた日高が、レジを締めにかかる。知磨はホールの掃除を終えて、用具を控え室に戻そうとした時、拓が飾り棚の前に立ち、なにかをじっと見ているのに気付いた。

「……拓さん、どうかしました？」

声をかけられて、拓はちらりと知磨を見たが、無言のますぐに視線を逸らすと厨房へと足早に消えていった。

その場に残された知磨は、飾り棚を見る。そこには、腕時計があった。革のベルトは細く、どうやら女性用のようだ。小さな文字盤のガラスには、目立つ場所にヒビが入っている。秒針は動いているが、指し示す時間に違和感を覚えた知磨は、なんとはなしに、壁の時計と見比べてみた。

それはちょうど、三時間ほど遅れているのだった。

＊

翌日、日曜日の夜。

店仕舞いを終えて、知磨、日高、拓の三人は、それぞれ私服姿でカフェ六分儀を出た。

今日は朝から曇りがちで、今は霧雨《きりさめ》が舞っているようだ。頬に当たる細かい水滴が、仕事に疲れた身体を冷やしてくれているようで心地よい。

「もうじき梅雨《つゆ》だねぇ」

前をいく日高が、そう呟いた。

「梅雨前線が南の海上に……、って朝のニュースでやってました」

「ちーちゃん、傘持ってきた？」

「いえ、今日は降水確率低かったので」

日高が肩をすくめた。

「僕も同じ。でも大丈夫。もし帰る頃に本降りになってたら、拓の傘に入れてもらうといいよ」

「なるほどぉ。でも、拓さんと相合《あいあ》い傘《がさ》じゃ肩が濡《ぬ》れちゃいますから……。きっと優しい拓さんは自分を犠牲《ぎせい》にして、私に傘を貸してくれると思います」

ひとり、安っぽいビニール傘をぶら下げている拓が、けっと笑ってから、ぼそりと呟いた。

「ぬかせ。誰がお前なんぞに」

「拓さんそれ、映画とかに出てくる悪者みたいですよ。比較的弱くて情けない感じの。あぁでも、似合ってるから大丈夫です」

「やかましいわ!」

思わず拓が叫んだところで、知磨は小さく舌を出して、悪戯っぽく笑った。

熊野神社の参道からヒルサイドストリートを進み、右に折れて女神通《めがみどお》りを南下する。ひかり街《がい》と自由が丘デパートの境目で線路の下をくぐれば、そこはもう美観街の入り口だ。既に一杯ひっかけたあとなのだろう、赤ら顔の人々が楽しそうに笑いながら、行き交っている。知磨は思わず立ち止まって、歓声を上げた。

「わぁ、ほんとですね。なんだか、懐《なつ》かしい感じ。自由が丘にこんな場所があったんだ」

狭い路地に、たくさんの飲食店がひしめきあっている。大小さまざまな暖簾《のれん》に、赤《あか》提灯《ちょうちん》、店の前に積まれたビールケース。昭和の匂いが立ちこめる光景に、知磨はここが「お洒落な街」が代名詞である自由が丘だということを一瞬、忘れそうになった。

「ここが『神田』だよ。カンさん、先に待ってるみたい」

日高の先導《せんどう》で、三人は古びた店へと入った。

店内の照明は明るい。細長いコの字カウンターが二つあり、何人かの先客が静かに杯《さかずき》を傾けている。壁には板短冊に毛筆で書かれたお品書きがずらりと並び、奥には腕を振るう板前たちの姿も見えた。

「……わぁ」

知磨はなによりも、その落ち着いた雰囲気にすっかり魅せられてしまった。皆、ひとりか、少人数の連れで上品に飲んでいる。自分がこれまで参加した飲み会のような、騒がしい雰囲気とは、まるっきり正反対なのだ。

「あっ、知磨ちゃん、いらっしゃい！」

ぱっと顔を輝かせた若い女性がえみりだと分かるまで、瞬《まばた》き三回くらいの時間を要してしまった。

「えみりちゃん？　わぁ、なんだかすごく……、カッコいい」

髪をまとめて後ろで括《くく》り、動きやすい服装にエプロンを締めたえみりは、セザンジュの制服を着ている時の華やかな雰囲気とはうってかわって、どこか凛々しい。知磨は思わず、惚れ惚れとした視線をえみりに注いだ。

「ありがと！　あ、そうだ。……ほら、あのゴツいのが、わたしのおじいちゃん。あれでも七十一なんだよ」

孫娘による紹介が聞こえたのだろう。板場の大将が皺《しわ》の刻まれた顔を上げて、知磨に向けてニヤリと笑いかけた。白衣と和帽子が似合う老人だが、肩幅は広く、二の腕は固そうな筋肉で盛り上がっている。とても、七十を超えた年齢には見えない。

「カンさんたち、もう来てるよ。三階のお座敷《ざしき》へどうぞどうぞ！　……いいなぁ、あたしも混ざりたいよ！」

悔しげなえみりの案内に従って、急な階段を上りながら、知磨は知磨で、名残惜《なごりお》しそうに呟いた。

「コの字カウンターに座ってみたかったです」

すると、後ろで拓がけっと笑う。

「十年早《はえ》ぇよ」

知磨が頬を膨らませる間もなく、前をいく日高が朗《ほが》らかに笑った。

「お座敷のほうが、拓が潰れた時に安心だよね」

「おい待て日高。潰れるのは俺じゃなくて、ちまいのだ」

「それはどうかなぁ」

日高の楽しそうな声に背中を押されるようにして、三階に着くと、聞き覚えのある声が一行を出迎えた。

「いよぉ、こっちだ、わはは！　お疲れお疲れ！」

ビールジョッキを持ち上げて赤ら顔で上機嫌に笑うのは、カンさんその人だ。

「ご免なさいね。先に始めてますのよ」

カンさんの向かいに座ってお猪口《ちょこ》を両手で持ち、上品に笑うのは、なんとヤエさんだった。カフェ六分儀の常連であり、店の二階部分の住居に暮らしている老齢の女性だ。しかし、聡明《そうめい》そうな瞳に、しっかりとした口調は相変わらずで、とても米寿《べいじゅ》には見えない。

「いやぁ、チーム六分儀の皆さん、今日はお誘い頂き、ありがとうございます」

芝居めいた口調で頭を下げたのは、純である。

「あんたは無理矢理《むりやり》ついてきたんでしょうが」

半眼のまま純を小突いたのは、金髪美人の綾香だ。

「アタシは、日高さんから頼まれた大事な役目があるから、お邪魔しただけだけど。

ね～？　リンリン？」

そんな綾香の隣に座っている、髪の長い少女が凜である。彼女は綾香にぴったりと寄り添われて、凝《こ》り固《かた》まった姿勢でオレンジジュースのストローを咥えていたが、知磨や日高の顔を見て、安堵の表情を浮かべた。

「水臭いですよ綱島さん！　こんな楽しげな集まりに呼んでくれないなんて！」

そう力説してエビスビールの中瓶を高々と掲げた体格のよい若者は、樫村翔吾《かしむらしようご》だ。彼はグリーンストリートの有名カフェ『アンセーニュ』のチーフシェフで、拓のことを一方的にライバル視している。

「多いわ！　……というか、なぜお前までいる⁉」

最後に階段を上り切った拓が、狼狽《ろうばい》の声を上げて、翔吾を指差す。

「神田さん経由の情報をちょっとね。ともかく、抜け駆けは許しませんよ！　さぁまずは駆けつけ一杯、どうぞどうぞ」

翔吾が言う『神田さん』とは、もちろんえみりのことだろう。彼はそのルックスと人当たりのよさから、セザンジュたちの間でも評判が高いと、えみりが言っていた。

知磨がそんなことを思い出している間にも、翔吾は有無を言わせず拓を向かいに座らせると、コップを押しつけビールを注ぎ始めた。

「待て待て、こぼれるだろうが！　雑だなオイ！」

「細かい男ですね綱島さん、そんなだから若い子たちに『筋金入りのちょっと残念系』なんて複雑なカテゴライズされちゃうんですよ！」

まさに、と知磨は納得顔で、深く二回頷いた。隣では呼応するように日高も頷いている。

注がれたビールを飲み干し、苦虫《にがむし》を噛み潰したような顔をしていた拓が、突然なにかに気付いたように表情を驚きに染めて、それからすぐに唸《うな》るような声を上げた。

「まさか……、『SCZ』ってそれか……。ふ、ふざけやがって……」

そんな拓の向かいで、純と綾香が必死で笑いを堪えている。

「……お前ら、なにニヤニヤしてやがる……」

絶妙のタイミングで、純と綾香がわざとらしく目を逸らした。しかし凜だけは違った。

「たっくーは背が大きくて、いつもエラそうだけど……、なんだかクラスの男子と似てる。だからね、たぶん、ほんとの大人じゃないんだと、思う」

無表情なまま、ぽつりとそう言った彼女はまだ十歳で、小学五年生だ。

座敷に静寂が降りて、直後に誰かが噴き出した。一方で知磨が冷静に総括する。

「つまり拓さんは、『偽りの大人』であると同時に、『少年の心を持つ残念系作家』ということですね」

どっと笑いが溢れたのとほとんど同時に、拓がついに爆発した。

「いい加減にしろよお前ら！　ちくしょう日高、お前のしわざだな？　凜の送迎で綾香は仕方ないとしても……、よりによって、こんなやかましい連中を呼び集めやがって」

「だって、そのほうが楽しいじゃない」

全く動じることなく、にこりと笑う日高を見て、拓が肩すかしを食らったかのように脱力している。

その時、急な階段を軋ませて座敷へと上がってきたのは、他でもない神田の大将だった。板前姿の彼は、その頑強な体格と厳《いか》つい顔つきを存分に発揮して、座敷の面々を眺め回した。その眼力は凄《すさ》まじく、皆の視線が自然と大将に集まる。

「本日のおすすめを説明しに来たんだが……、もうすっかりできあがっているようだな」

気圧《けお》された拓が思わず居住まいを正して、なんとか言葉を返す。

「い、いや。まだろくに飲んじゃいない。これから肴《さかな》をお願いしようと」

すると大将は相好を崩して、外見の印象とは異なる優しい声を出した。

「ゆっくり楽しく、酒も肴も、欲張らずに八分目くらいでな。それが一番美味いから」

そして最後に「今日は良い白海老《しろえび》が入ってるぞ。すぐにえみりに注文取らせるから」と言って、階段を下りていった。


「龍之介《りゆうのすけ》ちゃんはね、札幌《さっぽろ》の出身なのよ」

知磨の隣に座ったヤエさんが、お猪口の日本酒《にほんしゅ》を舐《な》めながら、しみじみと呟く。

「えみりちゃんのお爺様、龍之介さんっていうお名前なんですね」

「あれで去年古希《こき》だったかしらね。お父様が船乗りで、朝鮮戦争《ちょうせんせんそう》の時、一緒に海を渡ったの。終戦後に帰国してからは北海道《ほっかいどう》に戻らずに、この街で暮らし始めたのよ」

戦争、という言葉が知磨の胸をちくりと刺した。知磨自身はまだ生まれていないとはいえ、それはほんの六十年ほど前のことに過ぎないのだと、ヤエさんが教えてくれた。

「ヤエさんとは、昔からのお知り合いなんですか？」

「そうね。龍之介ちゃんが自由が丘にやってきた時、私はもう夫のお店を手伝ってましたから。よく遊びに来ていたわね。……ああ見えて、素直で可愛らしい少年だったのよ」

「年寄りの話にゃ、ついてけねぇな！」

と、酔ったカンさんが茶化《ちゃか》したが、ヤエさんはどこ吹く風だ。

「あら、知磨さんはちゃんと、ついてきてくださるわよ？」

知磨に向けて、悪戯っぽく微笑む。

「顔も名前も怖そうだけど、話してみると、そうでもないでしょ？」

知磨は頷いて、笑顔を返した。

「はい。さっきの短い会話で、とても優しい方だって分かりました。なんていうのかな、腕白《わんぱく》な生徒をたしなめる、先生みたいな……。あっ」

知磨がなにかに気付いたという風情で、開いた口に手を当てた。ヤエさんが、壁のほうをついと指差した。

「あら。ひょっとして……、あのことをご存知？」

そこには『神田酒学校』と毛筆で大きく書かれたプレートが飾られている。

「はい、マスターに教えてもらいました」

「あれは、このお店の常連さんたちが皆で贈ったそうよ。言うなれば、生徒一同ね」

「とっても素敵です」

カフェ六分儀の飾り棚に並ぶ〝贈り物〟たちを見る時と同じ気持ちで、知磨はそのプレートを眺めた。『神田酒学校』という文字を見ていると、この店の一階にあるコの字カウンターで泥酔《でいすい》してしまった客を優しくたしなめる大将の姿、その情景が、自然と浮かび上がってくるようだ。

「そんなことより知磨ちゃん！　飲んでる？」

テーブルの向かい側で、勢いのある声が上がる。意外にも声の主は、耳まで真っ赤にした純だ。少し、目が据わっているかもしれない。隣では綾香が、「あちゃあ」と呟いて天井を仰いだ。

「いえ……。私まだ、皆さんを観察してるんです。お酒に挑戦するのは、もう少しあとで……」

小さく舌を出して笑う知磨の前には、氷の浮かぶウーロン茶のグラスが置かれている。

すると純が身を乗り出し、彼女の顔をのぞき込んだ。

「何事も、チャレンジするのは早いほうがいいよ！」

咄嗟《とっさ》に綾香が手を伸ばし、純の頭をがしっと摑むと、それを乱暴に押し戻した。

「声がデカい！　気安く女子に顔を近づけない！　……ったく、普段大人しいくせにお酒入ると気が強くなるとか、恥ずかしいからやめなさいよね」

しかし純は怯むどころか、今度は綾香にずいと顔を近づけた。

「僕のこと心配してくれてるの綾香？　優しい！　ちょっと感動なんだけど」

「してない！　あんた一体、どんな耳してんの？　ヤバい電波受信してんじゃないの？」

「綾香ってば、いつも僕に厳しいからねぇ。僕のほうは、こーんなに綾香のことが大好きで、大事にしてるのに」

なぜか勝ち誇ったような笑みを浮かべる純。すると、額に青筋を立てた綾香がテーブルから身を乗り出して、負けじと純に顔を近づけた。

「人の話聞いてる？」

「もちろん。綾香の可愛い声を聞き逃すはずないよ」

「なっ、ばっ、バカなのあんた」

純は酔っているようだが、言葉はしっかりしている。

「ほら見てよ知磨ちゃん。綾香の可愛い写真館《しゃしんかん》」

突然真顔でそう言って、純は自分のスマホを知磨に向けた。アルバム画面をスワイプさせて、次々と表示させる写真には全て、綾香が写っている。時折、えらく薄着だったり、寝顔らしき写真もちらりと見えて、知磨は慌てて視線を彷徨わせた。

「わぁ……、綾香さんギャラリーですね」

少し口ごもりながらも、精一杯の笑顔で答える。

「イイでしょ！　なかでもとくに、この『食べてるアイスを落とした瞬間の、呆然《ぼうぜん》とする綾香の横顔』が僕のお気に入りで」

純がこのうえなく嬉しそうに語り始めたところで、綾香が有無を言わさず彼のスマホをひったくった。画面を凝視《ぎょうし》しながら、写真をスライドさせて確認するごとに、彼女の顔がものすごい形相《ぎょうそう》へと変化してゆく。

「なんなのよコレ！　いつ撮《と》った！　け、消しなさい！　ていうか消す！　消した！」

ひとしきりスマホと格闘《かくとう》してから、大きく肩で息をする綾香。純は慌てるのかと思いきや、至極落ち着いた様子で、口を開いた。

「大丈夫、ちゃんとPCにバックアップ取ってるからさ！　家にはプリントしたものもあるし。他にも、いつでも綾香の声が聞けるように、僕との会話を録音したデータとか……」

嬉しそうに笑う純の前で、綾香の表情が消失した。そして彼女が、音もなく席を立つ。

「さっ、リンリン。ご飯も食べたし、そろそろお家帰《うち》ろっか？」

小一時間ほど経《た》って、にこにこ笑顔で凜の長い髪を弄りながら、綾香が楽しそうに言った。そんな彼女の後ろには、ぴくりとも動かない純が、うつ伏せになって転がされている。綾香写真館公開の直後に、綾香の鋭い肘打《ひじう》ちが純の脇腹にめり込んだようにも見えたが、きっと気のせいだろう。

「う、うん……。えっと、じゃあ、パパ。ワタシそろそろ帰るね。綾香さんに送ってもらう」

美容師である綾香の手によって髪を可愛らしくアレンジしてもらった凜が、ぎこちなく笑う。

「綾香さんがお酒を飲まなかったのは、運転するからだったんですね」

知磨が感心するように頷いた時、どこかで聞いたことのある声が響いた。

「ちまちゃん！　マスターさん！　わぁ、めっちゃすごい、偶然や！」

階段のほうから姿を見せたのは、なんと佐奈と亮介だった。

「わぁ、こんばんは。ひょっとして、デートですか？」

驚く知磨に、亮介が種明かしをしてくれた。

「ついさっきまで新宿《しんじゅく》にいたんだ。締めに自由が丘に寄って、神田で飲もうってことになって」

「あら、素敵ね。じゃあ、せっかくだからご一緒にいかが？」

ヤエさんがにこやかに言うと、皆が頷く。

「ええんですか？　……えっと、ほんなら、お言葉に甘えてお邪魔させてもらいます」

佐奈と亮介は、座敷の端に少し遠慮がちに腰を下ろす。

「……あ、クレヨンランド……」

凜が、囁くように言った。彼女は、佐奈が持つ紙袋をじっと見つめている。それに気付いた佐奈が、にこやかに笑った。

「このお店、知ってんの？」

佐奈が紙袋から取り出したのは、数冊の絵本だった。知磨があっと思った時には、凜がかじりつくようにして、佐奈の手元に顔を近付けていた。

「『りんごじゃないかも』だ！　これ、すごく読みたかったの！」

「おっ、ええよ、読んでみる？　一緒に読もか？」

そこからは、話が早かった。凜は無類の絵本好きで、自分でもノートに絵本を描く練習をしている。一方の佐奈は、絵本作家志望で、新人賞に投稿するほどの入れ込みようだ。ふたりはあっという間に意気投合し、絵本の話題で盛り上がり、他の誰もが割って入ることができない、ふたりだけの世界を築き上げてしまった。

隣では、綾香が嫉妬《しっと》で顔を赤くしている。

「ちょっとぉ、どういうことなの、これ……。アタシのリンリンが、他の女とあんなに楽しそうに……」

泣きついてきた綾香を、知磨は苦笑しながら慰《なぐさ》めるしかない。

「私たちも絵本のこと、勉強しましょっか？」


大好きな絵本の話題でヒートアップしすぎた凜は、父である日高の優しい声で我に返った。そして今度こそ、綾香の車で、武蔵小杉《むさしこすぎ》にある自宅まで送られていった。

「あの凜ちゃんと互角に渡り合うなんて、佐奈さん、さすがですね」

知磨が持ち上げると、佐奈はこともなげに笑った。

「そう？　あれくらい常識やろ？　やぁ、それにしても凜ちゃん、可愛かったわぁ。マスターさんの娘さんやってことも、さらにオドロキ。……今度、自分で描いた絵本を見せあいっこしよなって、約束してん」

綾香が聞いたら拗《す》ねてしまいそうだなと、知磨は曖昧に微笑んだ。

それから亮介と佐奈の様子をうかがってみる。親しげな様子で言葉を交わしあう様子、ふたりの間にある柔らかい雰囲気から、彼らがゆっくりと、確実に新しい時間を積み重ねていることが分かった。

「吉川さん。こちらのおふたりは、六分儀の常連さんですか？」

翔吾が興味を持ったのか、ビールの入ったコップを片手に知磨の隣に座った。知磨がお互いを紹介する。佐奈の記憶喪失についてどこまで話したものか迷っているうちに、彼女自ら、開けっぴろげに全てを説明してしまった。お酒の力もあるのかもしれないが、元々彼女は、自分のネタ帳を平気で他人に見せてしまうような性格の持ち主なのだ。

「……そ、それは。大変でしたね！　……そんな、困難を乗り越えて、おふたりは今、ここにおられるわけですね！　な、なんという感動。なんという、切ない話なんだ……」

知磨はぎょっとした。冗談みたいな台詞回しで、なんと翔吾が、涙声になっている。

「そんな、僕だったら……、くじけちゃいますよ。それなのに梶谷さんは諦めず、愛を信じてっ！　素晴《すば》らしいです。あぁ、なんて美しい……」

ついにはえぐえぐと鼻をすすり出した翔吾を見かねたのか、ヤエさんがその大きな背中を優しく撫でてやっている。

「ほら落ち着いて。いい若者がどうしたの？　泣きやみなさいな」

「翔吾さんは……、泣《な》き上戸《じょうご》？」

知磨が訊くと、翔吾が照れくさそうに笑った。

「す、すいません。兄にもよく、しみったれてるんじゃない、と叱《しか》られます」

目尻に浮かんだ涙をごしごしと拭って、翔吾がぐいっとコップを空ける。そんな翔吾に呼びかけたのは、拓だった。

「おい翔吾、ちょっとこっち来い。なに泣いてやがる」

途端に、翔吾の目つきが変わった。

「泣いてません！　僕が泣くのは綱島さんを打ち負かした暁《あかつき》に、感動の涙を流す時だけですよ！」

勢いよく立ち上がり、翔吾は拓の隣に陣取った。翔吾から新しいビールを注がれ、途端に拓がしかめっ面《つら》をして、及び腰になっているのが見えた。呆れ顔で、知磨が呟く。

「拓さん……、完全に翔吾さんに押し負けてる。さすがＳＣＺ」

凛を無事自宅まで送り届けて、車を置いてきた綾香が再び座敷に収まり、宴会の場にはさらに笑顔が溢れる。お礼に日高から、少し値が張る日本酒と好みの料理をご馳《ち》走《そう》してもらい、綾香も上機嫌だ。

「こう見えてアタシも大変なんだよ？　美容師の仕事にはようやく慣れてきたけど、同じ客商売とはいえ、珈琲のほうとはまた違った客層だしさぁ」

「でも、春川珈琲には、純さんがいるじゃないですか」

「ダメダメ！　あいつ、まだ全然使えないもん！」

ぐいぐいと飲み進め、綾香はあっという間に日本酒を二合ほど空にしてしまった。彼女はお猪口をとん、とテーブルに置いて、とろんとした目で、知磨にすり寄ってきた。

「あー、しまったー。最後にもっかいリンリンの髪触らしてもらうの忘れてたー。アタシとしたことがー。しょうがないにゃー。ゆるふわJDで我慢するかー」

「あ、綾香さんどうしたんですか？　なんだかすごく、棒読み……。ひゃっ」

いきなり綾香に両手で腰回りをまさぐられて、知磨は飛び上がる。

「あー、リンリンいないよぅー。あーそうかー。アタシが送ってきたんだったー。あっは」

「ちょちょちょ、ちょっと綾香さんっ」

知磨の腰を触る手を止めない綾香が、突然大爆笑した。

「細！　ほっそ！　なにコレ、ウケる！」

「ウケないでください！」

「あんたいっつも、ふわっとした服ばっか着てるからよく分かんなかったけど、なに、なんなの？　このイイ感じのボディラインは？　腰細いし！　おムネもお尻ちゃんも、ちょうどイイ塩梅《あんばい》でさぁ……」

自由闊達《じゆうかったつ》に動き回る綾香の白い手から必死で逃れながら、正面に座って居心地悪そうにしている拓に向けて、唇だけ動かして助けを求めた。

「拓さんっ、見てないで、なんとかしてください」

しかし彼は、もぞもぞやっている女子ふたりを前に、照れくさそうに目を逸らすと、小さく呟いた。

「……綾香は酔うと、ボディタッチが激しくなるんだよ」

「こ、これはボディタッチっていう次元じゃないです」

「諦めろちまいの。そうなってしまったら最後、もうどうにもならん」

絶望的かと思われたその時、綾香の背をぽんと叩いた人がいる。ヤエさんだった。

「あらあら。随分と楽しそうね綾香ちゃん。せっかくだから私も、楽しいお話をひとつ、させてもらおうかしら。……そうね、あれは綾香ちゃんが、小学校五年生の時だったかしらね。クラスの男の子にあげるからと、ウチの店にやってきて選んだのが……」

突然、綾香の背筋が伸びた。飛び上がるようにして知磨から離れると、座布団の上に正座した。

「やだなぁヤエさんてば！　あんなの、子どものしたことじゃない！」

「『カレに後ろから抱きしめられて〝好きだ〟って言ってもらうために』って張り切った綾香ちゃんは、まず手鏡《てかがみ》を手に取り、そして……」

「ヤエさん!?　お酒足りてる？　ほ、ほらこれ！　日高さんがご馳走してくれた限定醸造《じょうぞう》、ささささ、おひとつ！」

「あらそう？　悪いわねぇ。じゃあ、頂こうかしら」

豹変《ひょうへん》した綾香から、知磨は静かに距離を取り、拓の隣へと逃げてきた。

「す、すごい。……綾香さんも、ヤエさんには勝てないんですね」

「年の功ってヤツだ」

知磨は小さく感嘆の吐息を漏らすが、拓は黙ったままだ。彼は少し、ビールを飲んだ。

　知磨はそんな拓を、横からじっと見つめる。

「……なんだよ」

「これは推測ですけど……。拓さんも、酔っぱらった綾香さんに、触られたことありますね？」

　動揺が分かりやすく顔に出て、拓は視線を彷徨わせる。座敷の喧噪《けんそう》を背景に、またしてもふたりの間には、沈黙が落ちた。

「拓は筋金入りの意気地《いくじ》なしだからねぇ。完全に腰が引けてたよね」

　いつの間にか、知磨の横に、日高が座っていた。やっぱり、とため息をつき、ジト目になる知磨。たまらず拓が叫んだ。

「残念系だの意気地なしだの、なんでもかんでも筋金入れるんじゃねぇよ！」

　結局気がつけば、普段通り、日高と拓が傍にいて、カフェ六分儀にいる時と同じ安心感を抱いた知磨は、座敷を眺め回した。よく知った人たちがアルコールの力で豹変する様子は、やはり見ていて面白いものだ。

「お酒って不思議ですよね。みんな、普段と同じなんですけど、ちょっと違うというか。その人の性格が、よりストレートに出てくる感じですよね」

「大人は子どもと違って、それだけ普段、いろんな感情を抑えたり、敢えて作り出したり……、要は、取り繕って生きてる、ってことかもね」

日高の言葉に、二十歳になったばかりの知磨は、ふと思った。

「大人って……、なんなんでしょう」

日高が、優しく首を傾げた。

「年齢はともかくとして、どこまでが子どもで……、どうなったら大人なのかな……。マスターはどうですか。どういう時、大人になったと思いましたか？」

「気付いた時にはもうなってるのが、大人ってもんだ。ちまいのにも理解できるように言い直せば、大人は、自分が子どもなのか大人なのか、考えたりしない」

拓がコップに残ったビールを飲み干した。横で話を聞いていたカンさんが、すかさず口を挟む。

「そりゃあ、家を買った時だな！」

続いてヤエさんが、思案顔を浮かべる。

「そうねぇ。子どもの将来のことなんかを、ふと考える時、かしら」

「責任ある仕事を任された時ですね！」

「アタシは、家族のことを想う時、かな」

翔吾と綾香が続けて意見を言って、最後は日高がにっこりと笑った。

「子どもの時は自分のことを考えるので精一杯だったけど……、自分のことより人のことを考えるようになったら、大人って言えるんじゃないかな？」

知磨は噛み締めるようにして、ゆっくりと頷いた。そこに、亮介までもが、遠慮がちに参加してきた。

「俺なんて、皆さんに比べたらまだまだヒヨッコですけど。強《し》いて言うなら……、立ちすくんでしまうような困難に行き当たった時に、それを乗り越えるだけの〝強さ〟を手に入れること、なんじゃないかな。つまり……、なにと代えても守りたいと思うような、大切な人と巡り会った時、人は、自《おの》ずと大人になるんだと、思います」

彼の隣で、佐奈がどこかくすぐったそうに、はにかんでいる。

そんなふたりを見て、知磨は憧憬《どうけい》を覚えた。もちろん自分には、亮介が言うような〝大切な人〟は、まだいない。どんな時でも、自分自身を投げうって、その人の味方でいようと思えるような……。

ふと知磨は、少し前の出来事に想いを馳《は》せた。それは、今も六分儀の飾り棚にあるクラフトハウスにまつわるエピソードだ。大きな転機を前にして緊張する知磨を、拓はこんな言葉で勇気づけてくれた。

『俺は、お前の味方だ。……あと、日高もな』

あれは、どうなんだろう。どんな気持ちをまとった、言葉だったのだろう。

ぼんやりとそんなことを考えているうちに、賑やかな宴《うたげ》の話題は次へと移ってしまった。

しばらく押し黙ってしまった知磨を気遣うようにして、日高が優しく訊いてくれた。

「ちーちゃん、大丈夫？」

「えぇ、すみませんマスター。……私、ちょっと、いえ、かなり、自信がないのかも、しれません。二十歳になってお酒も飲めるようになったけど、ちゃんとした大人になれるのか」

「なんの不安も感じずに歳《とし》を重ねてゆく人なんて、いないさ。……みんな、そうやって悩みながら、自分のやり方を、なんとか見つけるんだよ」

「そういうこった。気楽に構えてりゃいい」

気がつけば、日高と拓が、自分を守るようにして、両脇にいてくれる。ここぞという時には、普段は手厳しい拓も優しい声で諭《さと》してくれる。それを『ズルい』と思いつつも、知磨はどこか、くすぐったいような気持ちを感じていた。

照れを隠すようにして、話を変えた。半袖《はんそで》シャツから伸びる、拓の綺麗な腕が視界に入って、知磨は、六分儀を出る時に飾り棚で見た腕時計のことを思い出したのだ。

「……そういえば拓さんって、あまり時計しませんよね」

今だって男性五人のうち、拓だけがそれを腕に巻いていない。そんな彼が、鼻を鳴らした。

「慌ただしく時間に追われるような生活をしてないからな」

「あんまり、自慢げに言うことでもないと思いますけど……」

「拓は、いつだって締め切りに追われてるだけだもんね」

「それは言うな。……で、ちまいの。お前、いつ飲むんだよ？」

知磨の手には、何杯目かのウーロン茶のグラスが握られている。

「えへへ……。ですよね。なんだかいざとなると、ちょっと勇気が出なくて。……うん、でも、大丈夫です。私、チャレンジしてみます！」

半刻後《はんときご》。

知磨はお猪口になみなみと注いだ日本酒を手に、満面の笑みを浮かべている。そんな彼女の前には、空になった徳利《とっくり》が、整列するように七本並んでいた。

「これ、すごくフルーティーですね。美味しい。ほらほら、拓さんも飲んでみてくださいよ」

しかし、隣の拓は、既に酔いが回り切っている。

「お、お前……。どんな身体してやがる……。ありえん、顔色ひとつ変えんとは……」

「拓さーん？　声が小さくて、なに言ってるのか聞こえないですよー？　あっ、代わりに綾香さん飲みますか？　どうぞどうぞ」

知磨の向かいでは、同じく綾香が金髪を額に垂らして、苦悶《くもん》の表情で傾きかけている。

「……くっ。百戦錬磨《ひやくせんれんま》のこのアタシが、よりによって、あんたみたいなお気楽ＪＤに潰されるなんて……」

階下の客が落ち着いたのか、様子を見に階段を上ってきた神田の大将、龍之介が、きょとんとした顔の知磨と、周囲の状況を見て、にやりと笑った。

「嬢ちゃん、なかなかの逸材だな」

宴はお開きとなり、店を出た面々を待ち受けていたのは、本降りになった雨だった。

ぴったりと身体を寄せて、仲よく一本の傘に入って帰ってゆく亮介と佐奈を見送って、カンさんが心底嬉しそうに「チクショウこれからお楽しみかよ！」と一声。直後に、笑顔のヤエさんに耳を引っ張られている。

ほとんど自力で立っていない拓に肩を貸しながら、日高が苦笑した。

「お酒に飲まれちゃうなんて、拓ってば、やっぱりお子さまだね」

「う……、うるせぇ……。ちまいのが、おかしいんだよ……。なんという、規格外……」

「ちーちゃんに失礼でしょ？　言葉を選びなさい。……さて、しょうがないから拓は、僕がベッドまで運んでおくよ。ちーちゃんは、綾香ちゃんの傘に入れてもらうといい」

事もなげにそう言って、拓の傘を開く日高。それはつまり、と知磨が重い思考回路を動かそうとした途端、綾香が耳元に口を寄せてきて、囁いた。

「……それってさ、日高さん、桜宮《さくらみや》センセイと一緒のベッドで……、ってこと？」

「なっ？　あ、綾香さん、なに言って……」

「遠慮しとくよ。拓、すごく寝相悪いから」

あんな小さな囁き声がどうして聞こえたのか不思議でならないが、日高がにこりと笑って言った。

「酔ってると、とくにひどいんだ。僕、何回も蹴《け》られたことあるしね」

「えっ」の二重奏をさらりと聞き流してから、日高は拓の肩を抱え直した。

「それじゃ、ふたりとも、気をつけて帰ってね。おやすみ」

しっかりした足取りの日高と、半死半生の拓。ふたりは相合い傘で、夜の自由が丘へと消えていった。

神田の軒先で呆然と立ち尽くす女子ふたり。

長い時間を経て、ようやく我に返った知磨が、なぜか薄く微笑み、綾香に抱きついて囁いた。

「綾香さん。私たちも相合い傘しましょう。ほら、もっとくっついて」

「ちょ、やめんか！　なに今さら酔っぱらってんのよ！」

「酔ってませんよ？　綾香さんこそ、さっき私のあれやこれや、触ったじゃないですか」

「え？　えっと？　……あ、あれっ？　そういえば純、転がしたままだった。やばっ」

「逃がしませんよ綾香さん」

「放せっ！　助けてぇ！」

この夜、関東地方《かんとうちほう》の本格的な梅雨入りが、宣言されたのだった。

— kokoro drip —

第1.75話
女神さまは見てる

十月の祝日といえば、体育の日。前日からの二日間は、一年を通して自由が丘が最も活気づくイベント、大規模な街フェスが開催される。

それが、女神まつりである。

体育の日は月曜日だが、祝日なので大学での講義はない。朝、知磨は土曜日から数えて勤続三日目のバイトに向かうべく、自由が丘駅に降り立った。

女神まつりの期間、駅前ロータリーには巨大なメインステージが組み立てられ、ここでコンサートやショーが行われる。街を縦横《じゅうおう》に走る通りでは、それぞれの商店会ごとにミニステージやイベントが開かれたり、ワゴンセールの露店《ろてん》が立ち並ぶのだ。

知磨は普段と違う街の光景を眺めながら、はやる気持ちを抑えるようにして、六分儀へと向かって歩き出した。

「えっ、いいんですか?」

モップをかける手を止めて、知磨が驚いた声を上げる。

「うん。ちーちゃん、土日とたくさん働いてくれたから。せっかくだし、今日は女神まつりをゆっくり見ておいでよ。去年は見られなかったんだし」

「嬉しいですけど、お店は大丈夫なんですか？　……って、あれ、拓さんは？」

カウンターのなかでお湯を沸かしながら、日高が悪戯っぽく笑った。

「今日の拓の仕事は、『パスタの鉄人《てつじん》』で優勝して、スピーチの壇上《だんじょう》でウチの宣伝をすること」

「拓さん、出場するんですか？」

「大変だったよ、説得するのが」

あっけらかんと言う日高に、知磨は内心で舌を巻いた。実は半月くらい前から、自分や綾香がさんざん参加を促したのに、拓は少しも聞く耳を持たなかったのだ。釈然としない気持ちはひとまず横に置いておいて、知磨はおずおずと訊いた。

「あの……、ほんとにいいんですか？　お客さんだって普段より、多いでしょうし……」

するとと日高は人差し指をぴっと立て、ウィンクをひとつしてみせた。

「大丈夫。ちーちゃんには、ちゃーんと、外でしかできない仕事をお願いするから」

そう言って、彼は取り出した物をカウンターの上に置いた。それは結構な大きさの籐製《とうせい》バスケットで、なかには焙煎して袋詰めにした珈琲豆が入っている。百グラムごとに小分けにされたもので、カフェ六分儀で持ち帰り用として売られているものと同じだ。なんと、保温ポットに入れた試飲用珈琲と、小さな紙コップまで入っている。

「ちーちゃんには、珈琲売りの少女になってもらおうと思って。女神まつりを巡りながら、豆の販売と、ウチの店の名刺やチラシを配ってきて欲しいんだ」

「なるほど。六分儀の売上げに貢献できるなら、喜んでお引き受けします」

「よかった。あと、こんなのも用意してみたんだ」

にこりと笑った日高が手渡した物。それは名刺ほどのサイズの紙束で、ポップな珈琲カップのデザインの横に、こんな文面が印刷されている。

プレゼント交換券
次回ご来店時、本券と引き換えに「六分儀パティシエール特製マドレーヌ（三個入り）」を差し上げます
引き換え期間：原則として土日のみ（二〇XX年十月末日まで）

「ちょ、ちょっとマスター！　これって」

「ごめんね、ちーちゃん人気に助けてもらおうと思って。勝手に作っちゃった」

無邪気に笑う日高を前にして怒る気にはなれないが、知磨は戦慄《せんりつ》した。これからしばらく、お菓子作りに精を出さねばならない。

宣伝になるからと、〝珈琲売りの少女〟はウェイトレス姿でやろうと決めて、知磨は控え室でいつもの服装に着替えて、黒のショートエプロンを締め、売上げ金やお釣りを入れるためのポシェットを下げた。慣れないスタイルなので、準備に少し手間取ってしまった。

控え室のドアを開けてホールに戻ると、日高がレジカウンターの黒電話で誰かと話している。彼はウィンクをして、珈琲豆の入った籐のカゴを指差した。知磨は頷いてそのカゴを抱えると、日高にぺこりと頭を下げて、六分儀のドアを開けた。

「……ヘレンのためなら、僕、いつでもそっちにいくから」

抑えがちなそんな声が聞こえて、知磨は驚いて振り返った。ドアが閉まる直前、こちらに背を向けて、受話器を耳に当てる日高の姿が見えた。

日高にしては珍しく、思い詰めたような声色だった。

熊野神社の参道を歩きながら、知磨の脳内にはヘレンという名の、金髪でグラマラスな美女の姿が浮かび上がってくる。

「凜ちゃんと悠人くんがいるとはいえ、マスター、今は独身だし……」

そういうこともあるのかもしれないし、別におかしなことではない、と思い直して、知磨はカゴを抱え直した。

鳥居をくぐったところで、さっそく珈琲豆が売れた。思わず飛び跳ねそうになるほど嬉しかったが、マドレーヌ引換券を渡す時の複雑な心境は隠しようがない。知磨は精一杯の笑顔を向けて、最初の客を見送った。

しばらく歩くと、カトレア通りとすずかけ通りが交差する場所に、見慣れないミニステージが現れた。ステージ横のテントでは、アルコールやフードメニューが売られており、ステージの周辺のテーブルで食べながら楽しめるようだ。

なにげなくステージに目をやった知磨は、驚いた。ジャズコンサートが開催されており、サックスを鳴らしているのは、キッチンプラスの跡取《あとと》り息子《むすこ》である湊《みなと》だったからだ。

六分儀でミニコンサートを開いた時とは比べ物にならないほど、彼の演奏技術は向上していた。素人《しろうと》の知磨でも、はっきりと分かる。

「……わぁっ、ギリギリ間に合ったよ！」

突然、隣に駆け寄ってきた人物を見て、知磨はあっと驚きの声を上げた。

セザンジュの制服を着込んだ、神田えみりである。

「知磨ちゃんそのカッコ、お仕事？」

「うん。えみりちゃんも、セザンジュの？」

「えへっ、仲間にお願いして、ちょっとだけ抜け出してきちゃった！　どうしてもこのステージが見たくて」

会話をそこそこに切り上げて、ステージ上に意識を集中させるえみり。横でこっそり観察していると、彼女はどうも、特定の演奏者ばかりをじっと見つめている。その視線の先を追って、知磨はもう一度驚くことになる。少し上気《じょうき》した顔で、えみりが熱い視線を送るのは、他でもない湊だったのである。曲が終わり、拍手を送ってから、えみりが知磨の視線に気付いた。

「……カッコいいでしょ？　去年の女神まつりで見かけて、今年もステージがあるって聞いたから……」

照れくさそうにちょっと俯いたえみりは完全に可愛くて、思わず知磨まで照れそうになった。全く、人の好みは、それぞれである。

ステージ上では、メンバーが楽器の調整に入っている。知磨は無意識のうちに、えみりの背に隠れるように身を縮めた。もし湊が自分を見つけて、悪気なく手でも振ろうものなら、話がややこしくなるかもしれない。咄嗟にそんなことを考えてしまった自分が、少し嫌だった。

「私、そろそろいくね。……あ、そうだ、えみりちゃん」

「なに？」

「〝ヘレン〟って知ってる？　実はマスターが」

そこまで聞いて、えみりは得心《とくしん》したように笑った。

「日高さんの？　……あれ？　でも今は、エマにぞっこんじゃないの？」

「えっ！」

知磨の脳裏に、ヘレンのことを押しのけて、エマという名の、赤毛でスレンダーな背の高い美女の姿が、ぼんやりと浮かび上がった。

もっと詳しく訊こうと思ったところで、次の曲が始まってしまった。熱心にステージを見上げるえみりに話しかけるのは、ためらわれる。知磨はカゴを抱え直して、そっとその場を離れることにした。


一体、どういうことだろう。てっきり日高は、ヘレンという名前の外国人女性と熱愛中なのだと思っていた。しかし、セザンジュであるえみりが持つ情報の確かさは、知磨もよく知っている。

「まさか……、マスター」

日高が離婚した理由など知るはずもない知磨だが、そんなはずはないだろうと思い直す。ヘレンとエマに二股《ふたまた》だなんて、日高のイメージからはあまりにも遠い。……と思う。

ワゴンセールの列を眺めながら、混乱する頭で歩き続けるうちに、いつしか知磨は駅前ロータリーに到着していた。

メインステージでは、なにやら派手《はで》な音楽が鳴り響き、ダンサーたちが踊りを披露している。しばらく眺めていると、ダンサーたちと入れ替わりで、今度は着飾ったモデルが順番にステージを闊歩する。ダンスライブとファッションショーを組み合わせたイベントのようだ。

通行人に声をかけられ、またひとつ珈琲豆が売れたところで、知磨はロータリーに立つ女神像の足元に移動して短く息を吐いた。

「お前、こんなところでなにしてんだ」

驚いて顔を上げるとそこには、仏頂面の拓が立っていた。街中で見るシェフ姿は、ある意味で新鮮だ。周囲には何人か、同じような格好をした料理人と思《おぼ》しき人がいて、ここが次のステージで開催される『パスタの鉄人』出場者の控えコーナーだと分かった。

「仕事中です。私、今日は珈琲売りの少女ですから」

つんと澄ました顔でカゴを持ち上げると、拓が鼻を鳴らした。

「……少女って」

「なにか不都合でも？　ご挨拶ですね。せっかく拓さんの応援に来てあげたのに」

胡散臭《うさんくさ》そうな顔をする拓に向けて、知磨は言葉を重ねた。

「本当ですよ。マスターにも頼まれたんですから。……拓さん、頑張って優勝して、六分儀の宣伝、お願いしますね。私は私で、身体張ってるんですから」

そう言って、マドレーヌ引換券を一枚渡す。拓はそれを見て、少し笑った。

「お前も日高の被害者ってことか」

「そんな悪い意味じゃありませんよ。……あ、そうだ拓さん。最近マスターって、あの……、その」

言《い》い淀《よど》む知磨を見て、拓が怪訝そうな顔をする。

「こ、恋人がいたり、するんですか？」

「あん、なんだって？」

「その……、ヘレンとか、エマとか……」

その名を聞いて、拓はようやく理解した、という表情を見せた。はん、とため息をつく。

「あとは、ジェニファーだったか。……ったく、最近はもう、四六時中それぱっかりだ」

「ちょ、ちょっと待って拓さん！」

「あ？」

「三人だなんて、それって、どういう……」

予想だにしない展開に知磨の思考はパンク寸前だ。しかもそのタイミングで、拓がイベントスタッフに呼ばれて、少し離れたところにいってしまった。知磨は行き場を失った疑問を抱えて、苦悩の表情で周囲を見回す。と、もうひとつの見知った顔を見つけた。とにかく今は、この混乱を忘れて、気を紛らわせよう。そう決めた知磨は、その人に呼びかけた。

「こんにちは、翔吾さん」

振り返った翔吾は、シャツにスラックスというシンプルな私服姿である。そして彼は知磨の顔を見ても、普段のようにぱっと顔を輝かせはしなかった。頭のてっぺんから爪先《つまさき》まで、知磨のことを舐めるように見て、彼はにこりと笑った。

「あら、なかなかカワイイじゃない。外見だけならアタシの好きなタイプね」

「し、しょうご、さんっ？」

新たな混乱が発生し、知磨は倒れそうになる。

「吉川さん！ 応援しに来てくれたんですか！」

そこへ、突然横から現れたのは、シェフ姿の翔吾である。彼はひまわりみたいな笑顔を浮かべていて、確かに知磨が知る翔吾そのものだ。

「……翔吾さんがふたり」

すると彼は、申し訳なさそうな顔で笑った。

「あれ？ 吉川さんは知りませんでしたっけ？ こいつは僕の、双子の兄です」

「樫村遼吾《りょうご》よ」

どう見ても翔吾と同じ外見の遼吾からウィンクを飛ばされて、知磨は軽い目眩《めまい》を覚えた。

「よ、吉川知磨です。……ごめんなさい。そうとは知らず。そ、それにしてもそっくりですね。並ぶと全然分かりません」

「あら失礼しちゃう。どう見てもアタシのほうが綺麗でしょ」

喋るとすぐに分かるのだが、見た目だけだと本当に同じに見えた。

「コツが分かりゃ、案外簡単だ」

後ろから話しかけてきたのは、拓だった。スタッフとの打ち合わせが終わったらしい。拓はずいと翔吾に近づくと、彼の側頭部を指差した。

「翔吾はここの髪が少しハネてる。変な場所につむじがあるからな」

「え？　え？　……あ、ほんとですね」

樫村兄弟を交互に見て、確かに拓が言う違いを知磨にも認識できた。

「ちょっと拓ちゃん、アンタどうして翔吾のつむじの場所なんて知ってるわけ？　こいつのこと、どんだけよく見てるのよ？」

怒るのかと思いきや、なぜか当の翔吾は少し照れくさそうな、嬉しそうな顔で笑っている。

「やかましい。頭痛の種であるお前らを素早く見分けるのは、俺の自衛における必須《ひっす》スキルなんだよ」

一方で拓は苛立《いらだ》たしげに腕を組み、足元ではとんとんと靴先を踏みならしている。

「相変わらず無愛想なオトコねぇ。翔吾もどうして、こんなのがイイんだか」

がっしりとした肩をやれやれとすくませて、遼吾がため息をつく。

「綱島さんは僕の目標だからね！」

「アタシはこんな女々《めめ》しいオトコ、ご免ね」

「それはこっちの台詞だ……。おい翔吾、そろそろ始まるぞ」

いつの間にかステージの模様替えが完了している。

拓と翔吾が舞台裏に移動してしばらくすると、女性の司会者がステージ上に現れ、『パスタの鉄人』の開幕が宣言されたのだった。


知磨は遼吾とふたりで取り残されることになった。何回か珈琲豆が売れたりしながらも、なんとなくその場を離れることができない。遼吾も女神像の足元に寄り添うようにして、ステージ上の決戦を眺めている。

出場者は、拓と翔吾を入れて合計六人。いずれも、ここ自由が丘でしのぎを削るカフェを支える、腕利きのシェフたちだ。

翔吾を筆頭に、出場者たちはその顔に自信とやる気を漲《みなぎ》らせているが、そんななか、ひとり拓だけが普段の仏頂面を浮かべている。知磨はそれが可笑しくて、思わずくすりと笑ってしまった。

司会者によるルール説明のあと、シェフたちが自分の調理台に向かい、試合が始まった。制限時間内に腕によりをかけた一皿を作り、審査員《しんさいん》たちが食べ比べて採点を行うのだ。

珈琲豆を買う客足も途絶え、知磨は、ステージ上で普段のように淡々と食材に向かう拓を見つめる。

するとと、隣に立つ遼吾が、知磨をちらりと見下ろして言った。

「アンタまさか、拓ちゃんの恋人なの？」

内心、知磨は口から心臓《しんぞう》が飛び出すかと思ったが、努めて冷静に返答する。

「違います。私、週末だけ、カフェ六分儀でバイトしているんです。平日は大学に」

知磨が抱えたカゴを見て、遼吾はふっと笑った。

「ちんちくりんだから、高校生かと思ったわ。……それにしても拓ちゃん、いい歳して、こんな……」

「こんな、なんですか？」

どこか品定めをするような目の遼吾に、知磨は真っ向から視線を返す。遼吾はしばらくそれを受け止めていたが、やがてにやりと笑った。

「アンタ、女からは嫌われるタイプでしょ」

「え？」

「当てずっぽうよ。でもアタシのは、当たるわよ」

「そう、ですか」

戸惑いを隠せない知磨に、遼吾が初めて、どこか優しげな笑みを見せた。

「アンタ、少なくとも拓ちゃんよりは、アタシの好みよ。今度、一緒に飲みましょ。お酒は？」

「は、はい。大丈夫です。多分」

神田での一件がフラッシュバックして、知磨は取り繕うような口調になってしまった。

それから遼吾と、途切《とぎ》れながらも取り留めのない話をしていると、背後で突然女性たちの黄色《きいろ》い歓声が上がった。知磨は慌てて振り返る。

「見て、紅茶王子《こうちゃおうじ》じゃない？」

囁きあう彼女たちの視線の先には背の高い、ひとりの男性の姿がある。

真っ白なシャツが陽光に眩しく映える、ギャルソンスタイル。髪は短めできっちりとセットされており、精悍《せいかん》な顔つきだ。

大股で歩く男性の視線が、ちらりと知磨の顔をかすめた。そのまま彼はロータリーの人波をすり抜け、すずかけ通りのほうへ歩み去っていった。

それを見送ってステージへと視線を戻そうとした時、知磨はふと、遼吾の異変に気付いた。怪訝な表情を浮かべる。

「遼吾さん？　どうしました？」

彼はその屈強な身体を精一杯縮こまらせ、両手を胸の前で組んで、遠くなる紅茶王子の背中を見つめているのだ。

「なんて……、美しい……」

その視線は熱を帯びていて、えみりのように〝完全に〟とまでは言わなくとも、それなりに可愛かった。すると一転、彼は知磨の肩をがっしと摑むと、真剣な表情を浮かべた。

「アンタ、今の殿方知ってる？　あの女どもが騒いでたけど、有名な方なの？」

「い、いえ、知らないです……。〝紅茶王子〟って呼ばれてましたけど……」

しどろもどろになりながら答えると、ぱっと肩から手を離し、遼吾は片手を胸の前で握り締め、男性が消えた路地へと切なげな眼差《まなざ》しを向けた。

「あぁ、美しい紅茶の君《きみ》よ……」

そして、まるでなにかに引き寄せられるように、遼吾は歩き出し、人混みのなかへと消えていった。

『それでは、パスタの鉄人、今年度の優勝者を発表します！　審査員全員から、繊細《せんさい》かつ上品な味を大絶賛された、カニのクリームパスタ！　……カフェ六分儀の、網島シェフです！』

ステージから聞こえた声に驚いて、慌ててそちらを振り返ると、司会者に右手を持ち上げられた拓が、仏頂面で聴衆の拍手を浴びているところだった。

「がーん。肝心なところ見損ねちゃった……。た、拓さんに怒られる」

なんだか居たたまれなくなって、そそくさとその場を離れた知磨は、路地に入ろうとしたところで、またしても見知った顔を見つけた。一本向こうの路地の曲がり角のところに立ち、誰かと話しているのが、遠目に見える。

「……凜ちゃん？」

ワンピースにサンダル姿の凜は、少し見上げるような姿勢だ。相手は彼女よりも背が高いようだが、大人というわけではない。知磨の位置からは路地の壁が邪魔になって、相手の顔は見えなかったが、ちょうどその時相手の腕が伸びて、凜になにかを手渡した。ノートのようなもので、受け取った凜はそれを大事そうに両手で胸元に抱える。

「あれって、凜ちゃんが大事にしてる、絵本ノート？」

彼女がよく六分儀のカウンターで色鉛筆を並べ、あのノートに向かっているのを見ているので、知磨には見覚えがあったのだ。

それから、凛と相手は、なにごとかを話しているようだった。時折、笑顔が見えて、凛が恥ずかしそうに俯くシーンもあった。と、再び相手の手が伸びて、おずおずと差し出された凛の手のなかに、なにかをそっと落とすのが見えた。そしてすぐに、彼女はバイバイと胸の前で手を振る。

知磨は一瞬迷ったが、敢えて避けて通ることには抵抗があったので、カゴを抱えてゆっくりと曲がり角に近づいた。やがて、手を下ろして周囲を見回した凛が、知磨に気付いた。彼女はひどく驚いて、狼狽したような顔をしながら、慌ててなにかをワンピースのポケットに押し込んだ。知磨は、今初めて気がついたという風に、笑顔を浮かべて凛の傍まで近寄った。

「こんにちは。凛ちゃんも、女神まつりを見て回ってるの？」

「……う、うん。あの、パパに、勧められたから」

「そっか。あ、ひょっとして、スケッチ？」

凛の手にあるノートを見て、知磨はそう訊いた。

「うん。でも……、さっき、人混みを歩いてる時に落としちゃって。……その」

「大変。見つかってよかったね」

「……拾ってもらったの。知らないコに」

「へぇ、女の子？」

すると凛は、ふるふると首を横に振った。

「でも、ノートのなか、見られちゃった」

おや、と知磨は思った。

「イヤだった？」

「ううん。ワタシが見ていいよって言ったから。……そしたら、『カエルの絵上手いね』って褒めてくれて、それで……、コレ、くれた。『いらないから、やる』って」

彼女がワンピースのポケットからおずおずと取り出したのは、可愛らしいカエルの顔がついた、ヘアピンだ。聞けばその男の子、ワゴンセールでカエルグッズの詰め合わせを買ったらしい。

「フロッグスっていうお店。すぐそこにあるよ」

凛が少し嬉しそうに、教えてくれた。

「ね、凛ちゃん。そのヘアピン、着けてみたら？」

面食らったような顔をしていた凛だが、浅く頷いてから、それを前髪にそっと挿《さ》した。知磨が思った通り、とてもよく似合っている。

「たっくー、お料理対決に出てるんでしょ？」

「う、うん。……でも、もう終わりかけで」

目を泳がせる知磨の手を取って、凜が無邪気に言った。

「見たい！　見にいこうよ、お姉《ねえ》ちゃん」

断る理由もなく、知磨は凜に手を引かれるようにして、一緒に駅前へと戻った。小走りに駆けたからか、それとも別の理由からか、少女の頬は微かに上気している。知磨はそれを見てから、ロータリーに立つ女神像を見上げて、口のなかでそっと呟いた。

「……女神さま、ちょっと恋の花、咲かせすぎじゃありません？」

ステージでは、拓の優勝者スピーチが始まるところだった。


「おかえり。どうだった？」

六分儀に戻ると、日高が出迎えてくれた。

「たっくー、優勝だったよ！」

凜の報告に、知磨もうんうんと頷く。

「へぇ、頑張ったねぇ。……あれ、肝心の拓は？」

「なんか、翔吾さんたちに引っ張られてっちゃいました。打ち上げだって」

苦笑を返す日高を見て、知磨は六分儀を出る間際に聞いた電話のことを思い出す。ヘレン、エマ、ジェニファーという、三人の美女たち……。凛がいる手前、軽々しく訊けることでもない。詮索心をぐっと飲み込んで、知磨は笑みを返した。

「拓の優勝者スピーチはどうだった？」

「そうですね……。六十点、です」

「随分と辛口《からくち》だ」

ふふんと笑ってから、知磨は拓の声真似《こえまね》を始めた。

「『今日作ったものを店で出すかどうかは気分次第ですが……、店が潰れたらそもそも出せなくなるので……、皆さん、ウチの店主の珈琲を飲みにきてください。あと、そのちまいのが売ってる珈琲を、買ってやってください』……、ですよ？」

「あはは、拓らしいね」

「もう、すごかったんだよ！　珈琲豆、あっという間に売れちゃったもん！」

興奮気味に話す凛の横で、知磨は空になったカゴをカウンターに置いた。

「ありがとう。ちーちゃん。じゃあ、拓のスピーチも一応は宣伝に貢献したってことかな？」

「だからこそ、なんだか釈然としないんですよ」

「まぁまぁ。あ、名刺とチラシと、引換券も、全部配ってくれたんだ」

頷いて、知磨は空になったカゴをもう一度見た。と、その時、カゴの底に残った小さな紙切れに気がつく。

「これは……？」

取り上げてみるとそれはメモ用紙の切れ端で、流れるような筆記体でいくつかのアルファベットや数字が書かれているのが見えた。

「えと、なんだろ……。えと、『へ、レン』？　……えっ、これって？」

驚いて日高の顔を見た知磨に、彼はいつもの優しげな微笑みを向ける。

「あぁ。今回、ちーちゃんに売り歩いてもらった珈琲豆は、〝ヘレン〟と〝エマ〟と〝ジェニファー〟のブレンドなんだ。最近ずっと、この三種のブレンドを研究してたんだよ」

最初、日高がなにを言っているのか分からなかった。知磨は慌てて口を挟む。

「ちょ、ちょっと待ってくださいマスター。それって、珈琲豆の名前？　品種ですか？」

「品種名ではなくて、愛称みたいなものかな。生産者と僕が、勝手にそう呼んでるだけ。でも、好評みたいでよかった。ちょうど現地の生産農場にも電話して、今後の仕入れの約束を取り付けたところなんだ」

途端に、知磨は全身から力が抜けるのを感じた。思わずその場にへたり込みそうになって、手近な丸椅子になんとか腰を落ち着けた。

「どうしたのお姉ちゃん。疲れたの？」

「うん。あまりにも安直な、私の脳みそにね」

クエスチョンマークを頭上に浮かべる凜の髪を撫でていた知磨が、はたと気付いたように表情を変えた。そして、恐る恐る、日高の顔を見る。

「……ていうかマスター。珈琲豆の愛称が〝女の人の名前〟っていうのも、それはそれで、冷静に考えると……、結構……」

歯切れが悪い理由は、凜の前で日高のことを揶揄《やゆ》できないからだ。

そんな逡巡を知ってか知らずか、凜が訳知り顔で、あっけらかんと言った。

「パパ、変人だから。しょうがないよ」

「……あ、あはは。そう、かな」

うんうんと頷く凜を見て、知磨は乾いた微笑を浮かべた。

「ところで、どうだった？　ちーちゃん。初めての女神まつりは」

実の娘から〝変人〟呼ばわりされても、日高は普段通りににこにこ笑っている。

知磨はそのことに感服しつつ、珈琲を愛してやまない、カフェ六分儀のマスターを見た。

「おかげさまで、楽しめました。ありがとうございます。……あと」

気を取り直して、知磨はにっこりと笑った。

「自由が丘の女神様はきっと、恋バナが大好きなんだと思います」

— kokoro drip —

第2話

わが夢はかくも愛しき

『幼い時は父の、若い時は夫の、夫が死んだ時は息子の支配下に入るべし。女は独立を享受してはならない』

その言葉を初めて耳にしたのは、異国の地だった。街中の雑踏にある露店で、スパイスを売る老女から教えてもらったのだ。彼女の話によれば、それは古い法典の有名な一節で、その法典のなかにある多くの教訓が、この国の人々の生活を支配し、ひとりひとりの心に深く根ざしているのだという。

老女は皺が刻まれた顔に薄い笑みを浮かべ、すぐ隣の古い寺院で遊ぶ子どもたちを見ながら、こう付け加えた。

「でもね、実家は別。生家じゃ女はとても大切にされる。だから若い頃は、里帰りが一番の楽しみだったさ」

露店を離れ、未舗装の埃《ほこり》っぽい道を歩き出してすぐのことだ。

隣を歩く彼女が、素直な感想を漏らした。

「あたしは絶対ヤだな。ああはなりたくない」

あとで知ったことだが、その法典は二千年近く前に成立したものらしい。現代的な感覚を持つ者ならば、ある程度の拒絶反応を示すのが普通だろう。

だから、「どうして？」と尋ねるのが憚《はばか》られて、口ごもった。

「それってつまり、『女は男の奴隷《どれい》になれ』ってことでしょ？　ふざけてるよ」

「あぁ……、うん。まぁ、そうだな」

中途半端な相槌《あいづち》など聞こえていない様子で、彼女は続けた。

「女の人たちも、よくないよ。そんな理不尽な教えに甘んじてないで、自立しなきゃ」

「……教育とか因習とか、経済状況とか、いろいろ理由もあるんじゃないか？」

鼻白《はなじろ》んで控えめに言い返すと、彼女は暑いのか、カーディガンのボタンを外しながら、ちらりとこちらを見上げた。少し呆れたような目つきに、思わず息を飲む。

「でもそれじゃあ、この国の女の人は、男の世話をするだけで一生終わっちゃうじゃん。それって意味あるの？」

直情的で歯に衣着せぬ物言いをする彼女の言葉は、ともすれば、この国で生きる女性を否定しているようにも聞こえてしまう。なぜか、胸の奥がちくりと痛んだ。

「まぁ、別にこの国に限った話じゃないけど。わたしの友だちだって、言ってるもん。

男の考えてることなんてみんな同じだ、って。……女を、っていうか妻を、自分に都合のよい道具か、甘えさせてくれる家政婦か、言うことを聞く母親か、ぐらいにしか考えてないって」

口ごもってしまった理由は、いくつかあった。

自分はまだ大学生でしかなく、交友関係は極めて狭い。社会経験は居酒屋のバイトくらいで、結婚の経験もない。同い年の彼女はといえば、社交的で、年齢を問わず友人が多く、既婚者の知り合いも多い。『妻』たちの本音をたくさん知っているという自負もあるのだろう。

「でもあたし、思うんだ。みんな愚痴《ぐち》ってるけど、そんな相手選んだの自分じゃん。あたしだったら絶対ヤだもん、そんな人生」

言葉を返せず沈黙していると、彼女は続けた。

「せっかく生まれたんだから、もっと〝世の中の役に立つ〟ことしなきゃ。そのためにはまず、自分の足でしっかり立って生きなきゃ」

「…… 〝世の中の役に立たない〟人生に、意味はないのか？」

思わず、そんな言葉がこぼれ落ちた。

彼女がこちらを見上げる。その目が「当たり前でしょ」と言っているようで、思わず目を逸らしてしまった。

そのまま、会話が途切れた。

彼女は無言で歩きながら、道の両端に立ち並ぶ露店を眺めている。

長い髪を手櫛《てぐし》で梳《す》きながら、涼しげな表情を浮かべる彼女を、横からそっと見下ろす。

学生の安旅行とはいえ、ふたりきりで海外に来ているという現実。彼女は自分を、悪からず思っているのだろうか。じゃあ付き合っているのかと言うと、明確に答えられない。

冷静に振り返ってみると、恋人らしいことはなにもしていないのだ。でも、嫌いな人間と旅行などするだろうか。

ひとりそんな堂々巡りをしていると、不意に、彼女がこちらを見た。悪戯っぽい笑みを浮かべる。

「あ、ひょっとして自分の心配してる？」

「……いや」

意識せずとも硬い声になってしまう自分が、情けなかった。

「だいじょうぶだよ。きみはきっと、成功すると思うな」

「……〝成功〟って、なんだろうな」

それは、〝自立〟や〝世のためになる〟と同じように、彼女が好きな言葉だ。

「有名な作家になって本がたくさん売れることじゃないの？　そうなりたいから、書いてるんじゃないの？」

「俺はただ……、書きたいものがあって、それを形にして生み出すことが、面白くてやりがいがあるから……」

「でもさ、ペンは剣よりも強し、って言うじゃん？　作家になれば、すごくたくさんの人に影響《えいきょう》を与えることができるし、まさに〝世の中の役に立つ〟仕事だと思うけどな」

そう言って笑った彼女の胸の内は、どれだけ必死で考えてみても、少しも見通せなかった。


今でも時折、思い出すことがある。

古びた因習が息づくあの国の雑踏に満ちる、躍動するような熱気を。

訪れた者の心の奥底に眠る〝なにか〟を、静かに揺さぶり起こすような、力強いエネルギーを。

そして、彼女が口にした〝成功〟という言葉の響きを。

＊　＊　＊　＊

十一月になり、朝晩の冷え込みも厳しくなってきた。秋は遠のき、自由が丘にも冬の足音が聞こえ始めている。

日曜日、六分儀へと向かう途中、知磨は駅前ロータリーでセザンジュのえみりを見かけた。こちらに気付いて駆けてくる彼女は、冬仕様なのかベージュのコートに身を包んでいる。

「おはよ！　知磨ちゃんこれからバイト？　あっ、そのニット可愛い！　あたし好み！」

「本当？　ありがとう。えみりちゃんの格好、セザンジュの冬服？」

「そうだよ！　似合ってる？」

笑顔で頷くと、えみりは嬉しそうにはにかんだ。

「えへへっ。やっぱね！」

そんな彼女の耳元で、なにかが光った。よく見ると、シルバーのピアスだ。フラワーとリーフのモチーフで、どこか手作りめいた、素朴《そぼく》な可愛らしさを感じさせる。知磨はそれを、控えめに指差した。

「可愛い。ピアス着けてるの、初めて見たかも」

「あ、これ？　えへ、可愛いでしょ！　バザーロっていうお店で一目惚れして、買っちゃった！」

「雑貨屋さん？」

するとえみりが、耳慣れない言葉を口にした。

「ただの雑貨屋さんじゃないよ。フェアトレードのお店！」

「……フェア、トレード？」

反射的に聞き返したが、ちょうどその時、ふたり連れの中年女性が近づいてきて、セザンジュであるえみりに話しかけた。どうやら、テレビで紹介されたカフェにいきたいらしいが、場所が分からないらしい。それに元気よく応じながらも、えみりがちらりと視線を向けてきた。仕事の邪魔をするわけにはいかないので、知磨は短いアイコンタクトを返すと、そっとその場を離れて、六分儀へと足を向けた。

熊野神社の境内《けいだい》の木々もすっかり葉を落とし、見上げればくすんだ寒空が透けて見える。

知磨は冷え冷えとした空気を楽しみながら、参道を途中で右に折れた。カフェ六分儀の店頭に辿り着き、なにげなく、大きなガラスウィンドウをのぞき込んだ。

「……誰だろう。お客さん？」

目に入った光景に、なぜか彼女は釘付《くぎづ》けになった。思わず身を引いて、窓の端からそっとなかをうかがうような行動を取ってしまったことを、小さく後悔する。

店内には、ふたりの人間がいる。日高の姿はなく、拓はカウンターの右端、指定席に座って背を向けている。おそらく、ノートPCに向かい執筆中なのだろう。

その後ろで、ふたり用のテーブル席によりかかるようにして立つのは、髪の長い妙齢の女性。パンツスーツを隙なく着こなした、すらりとした長身の美女だ。時折見える横顔には親しげな笑みが浮かび、なにやら拓に向けて話しかけている様子だ。もちろん会話の内容は聞こえないし、背中を向けている拓が言葉を返しているのかどうかも分からない。それでも女性が楽しそうに笑う様から、ふたりの間に流れる親密な空気をうかがい知ることができた。

「拓さん、お客さんの前では小説、書かないのに」

やはり女性は、拓の知り合いなのだろう。店内に入ることができずに知磨がまごついていると、不意に店内で女性が歩き出した。笑いながら、拓の肩をぽんぽんと叩き、そのままドアへと向かう。知磨は肝を潰して、窓から飛び退《との》いた。慌てて顔から動揺を消し去り、ちょうど今この場所へやってきた風を装う。目の前で、すぐにドアが開いた。

驚いた表情を浮かべる女性は、やはり自分よりもずっと大人びていて、知磨は反射的にぺこりと頭を下げることしかできなかった。女性は外に出ると、ドアノブを押さえてくれる。知磨は小さな声でお礼を言って、店内に入った。女性がノブを放し、ドアが閉まる直前に、小さく呟くのが聞こえた。

「……あなた、もしかして」

その声を遮《さえぎ》るように、知磨の背後でドアが閉まる。振り返ると、ドアのガラス越しに女性と目が合った。彼女はにこやかな笑みを浮かべている。親しげな様子だが、知磨はどうしてよいか分からず、ぎこちなくお辞儀を返した。顔を上げると、女性は最後に意味ありげな微笑を残して、長い髪をなびかせ、去っていった。

「おう。……なんだ、もう少し早く来てれば、紹介できたのに。……ったく、日高のヤツ、肝心な時に外しやがって」

その声に振り向くと、拓がぶつくさ言いながら、手に持っていたなにかを裏返してカウンターに置くところだった。ちらりと見えたそれは、一枚のハガキのようだった。

「おはようございます、拓さん。……マスターは？　控え室ですか？」

「あぁ、さっきからずっと、奥の倉庫に籠《こも》ってる。そしたらいきなり、アイツが来て」

曖昧な笑みを浮かべていた知磨だったが、拓が再び口を動かしそうになったのを見て、身構えた。

「私、着替えてきますね！」

拓が喋り出すより少しだけ早く、知磨は元気よくそう宣言すると、控え室に飛び込んだ。


その日のバイトは、あまり忙しくなかったからかもしれない。あの女性が最後に見せた微笑が、時折、知磨の脳裏に浮かんでは消えることがあった。

日暮れ時、生憎《あいにく》の激しい雨模様のせいか、カフェ六分儀の店内に客はいない。拓はカウンターのなかで、焙煎した珈琲豆のブレンド配合比率を試している。日高はカウンター右端の席で、ノートPCに向かっていた。

珈琲豆がガラス容器の上を転がる音と、その香り、雨の音、流れるようなキータッチの音。知磨はそれらに身を任せて、そっと目を閉じた。その時、不意にドアが開き、雨音が大きくなる。

「いらっしゃいませ」

濡れた傘を手に、ドアベルを鳴らして入ってきたのは、やせ形で長身の男性だ。眼鏡の奥の両目には、ちょっとした自信の色が見え隠れしている。彼は拓の担当編集、沢木である。

「こんにちは知磨さん。今日も可愛いですね！　……おや、先生は執筆中でしたか。大丈夫ですかね、厨房のお仕事のほうは」

首だけを動かしてそちらを見た拓が、半眼になってぼそりと言った。

「白々《しらじら》しい。そっちが急に締め切りを早めたんだろうが」

「その点については、誠に申し訳ありません。編集長の意向が、多分に大きく」

「構わない。……始めるか」

「ええ。知磨さん、六分儀ブレンドをふたつ、お願いします」

拓と沢木は、窓際のテーブル席に移動して腰かけた。沢木が取り出した原稿束を二セット、テーブルの上に置き、すぐに打ち合わせが始まる。

知磨はオーダーを日高に伝えると、伝票をしたためる。いつものように領収書も用意しておいた。

それからふたり分のお冷やとおしぼりを置きにいくと、原稿をめくりながら、拓が沢木に訊くところだった。

「新刊の動き、どうなんだ」

沢木は視線を上げて、少し拓を見た。それから、原稿に視線を戻しながら、答える。

「まだ発売から半月も経っていませんよ」

「参考までだ。データは持ってるだろ？」

「……現状、市場消化率は三十パーセント前後です」

拓が短いため息をついた。知磨は、その数字を聞いてもいまいちピンとこない。

「まぁ、そんなところか」

「決して売れていないわけではありません。ただ……」

「もうひと押し欲しい、だろ？」

「正直なところ、そうです」

テーブルに沈黙が降りる。当然、知磨は口を挟めない。やがてどちらからともなく、原稿の束をめくり始めた。拓も、沢木も、思い詰めたような表情ではない。自分たちがすべきこと、自分たちにしかできないことに対して、静かに、真っ向から取り組んでいる人の顔だ。

憧憬の念が、知磨の胸をちりちりと焼いた。テーブル席から離れて、六分儀ブレンドをドリップしている日高の傍まで来る。そして、日高にだけ聞こえるくらいの小声を出した。

「マスターは、拓さんの小説、全部読んでるんですか？」

「え？　あぁ、うん。読んでるよ。けど、ちーちゃんみたいにいろいろアドバイスしたりは、できないんだよね。珈琲のこと意外は、あまり分からなくて」

「……私だって、素人の口出しに過ぎません」

「でも拓は結構、真剣に聞いてて、できるだけ取り入れようとしてるみたいだよ？　ちーちゃんの意見」

日高の言葉に、知磨は思わず口ごもる。そんなのは、完全な初耳だ。自分の言うことなど、拓は全部聞き流しているに違いないと思っていたし、実際も、そうなのだと思う。

やがてドリップが終わり、日高がカウンターに置いた二杯の珈琲を、知磨はお盆に載せてテーブル席まで運んだ。邪魔にならないよう、静かにふたりの前に給仕する。沢木はぺこりと頭を下げたが、拓は原稿に没頭していて、気付かないようだ。知磨はそんな彼を斜め後ろから少し見つめて、それからお盆を胸の前に抱えて、そっと身を退《ひ》いた。

その日の打ち合わせは普段よりもずっと長く、陽が完全に沈むまで続いた。知磨は遠巻きにふたりの様子を眺めていたが、ときおり大きな声で言いあうようなシーンもあって、かなり緊張感が伝わってきた。拓も沢木も、作品をより良いものにしたいという想いは共有しているのだ。だからこそ、時に意見がぶつかることもあるのだろう。


店のクローズ作業を終え、ひとり六分儀を出た知磨は、ひかり街沿いに駅へと向かっていた。雨はやんでいたが、折り畳み傘を確認しようとしてバッグのなかを見て、忘れ物に気がついた。控え室に、読みかけの文庫本を置いてきてしまったのだ。一瞬迷ったが、次のバイトは来週の土曜日だ。平日の暇な時間で読もうと思って買った本なので、それでは意味がない。知磨は立ち止まると、くるりと回れ右をして、カフェ六分儀へと向かった。

玄関口の灯《あか》りは消えているが、まだシャッターは閉まっていない。遠慮がちにドアを開けると、有線の切れた静かな店内に、ドアベルの音が鳴り響いた。

「えへへ……、すみません。忘れ物を」

店内にいるのは拓だけだった。珍しく飾り棚の前にいた拓が、驚いたように振り返る。が、知磨のことを認めて、表情から驚きを消し去った。それから彼は再び背を向けて、努めてゆっくりとした動作で、なにかを飾り棚に戻した。

「拓さん、どうしたんですか？……飾り棚でしたら私、さっきちゃんと掃除しましたよ」

「知ってるさ」

「まさか……、小姑《こじゅうと》チェックですか」

人差し指をつーっと宙に滑らせて、恐れつつ訊くと、拓はにやりと笑った。

「して欲しいのか？」

「丁重にお断りしたいと思います」

「仕方ないな。見逃してやろう」

はっきりと見えたわけではないが、飾り棚の位置から見て彼が手にしていたのは、いつか知磨も見た、文字盤のガラスにヒビが入った腕時計だ。そっと近づいて拓の横に並び、知磨も飾り棚を見る。件の腕時計へと視線をやって、あることをふと思い出した。

「……あれ、そういえばこの時計、今日見た時、止まっちゃってるな、って思ったんです」

しかしそれは今、きちんと動いている。ということは、誰かが電池を入れ替えた、ということだろう。そして誰かというのはもちろん、状況から見て、拓を措《お》いて他にいないだろう。しかしその時、違和感が知磨を捕えた。腕時計が差し示す時刻は、やはり三時間ほど遅いのだ。

「拓さん、電池は入れ替えたのに、時間は合わせなかったんですね」

「ほっとけ。俺は忙しいんだよ」

面倒くさそうにそう言ったきり、拓は背を向けて、カウンター右端の指定席に座ってしまった。ロックを解除して、いつものようにノートPCに向かう。

「えっと。控え室、空いてますよね」

拓の首肯を確認してから、知磨はドアを開き、デスクの上に置いたままだった文庫本を回収してきた。ホールに戻ると、拓は丸椅子に座ったまま腕を組んで、瞑目《めいもく》している。

知磨は彼の横に立って、控えめに声をかけてみた。

「原稿、どうですか？」

目を開けてちらりとこちらを見た拓が、訝るような顔をする。

「なんだ、いきなり」

「いえ、お仕事が終わってまた別のお仕事だなんて、大変だなぁ、って思って」

それを聞いて、拓がふんと鼻を鳴らした。

「好きでやってることだ。……それに作家なんてものは、編集者に相手にされなくなったらそれまでだ。チャンスがある限り、愚直に書き続けるしかないんだよ」

「なんだか……、すごいですね」

素直に感嘆する知磨を前にして、拓が取り繕うような咳払いをした。

それに気付いた知磨が、少しだけ慌てるようにして、話を変える。

「じゃん。これ、今読んでるんです」

文庫本を持ち上げてみせる。ドラマ化、映画化もされて、本屋でも目立つ場所に平積みされている、エンタメミステリー小説だ。拓も、知らないはずはないだろう。しかし彼は、軽く頷いただけで、とくに言葉を返してこなかった。

「あ、もちろん『失恋《しつれん》シンドローム』も読みましたよ。ちゃんと発売日に買いましたから」

ついこないだ出版された、拓の新刊だ。

「読みたいならわざわざ買わなくても、見本がある」

「いえ、自分で買いたい派なので。……あ、あとですね、なんと！　大学生協の本屋さんに、宣伝をお願いしておきましたから」

少しばかり冗談めかして報告すると、拓が相好を崩した。

「そうか。営業活動ご苦労」

「お給料出ますか？」

「バカ言え」

「えへへ。ですよね」

それから知磨は迷ったが、今回はまだちゃんと感想を拓に伝えていなかったので、この機にそれを話すことにした。脳裏に、日中に見た拓と沢木の真剣な打ち合わせの光景が浮かんだことも、それを後押しした。

「新刊ですけど、お話の展開はよかったと思います。起伏に富んでたし、勢いがあって読みやすかったです。……ただ」

それを言うべきか、やはり知磨は迷ってしまう。

「ただ？」

拓は、凪いだ瞳で、まっすぐに知磨を見つめている。そうすると知磨には、それを黙っておくことのほうが、もはや難《むずか》しいと感じた。

「翔子《しょうこ》に……。元気がないというか。ちょっと、全体的に暗かったかな、って」

拓の目が、微かに見開かれた。知磨はそっと胸を押さえてから、続ける。

「拓さんの作品の一番の魅力って、やっぱり、翔子の魅力と強く結び付いてると思うんです」

『失恋シンドローム』は、ヒロイン翔子が恋の成就を目指して奮闘する、〝恋愛〟をテーマにしたエンタメ作品だ。翔子は外資系商社に勤める女性で、第一線で働くビジネスウーマンとしての側面と、休日に実家の和菓子屋を手伝う時に見せる、どこか無邪気で子どもっぽい側面を併《あわ》せ持っている。

都会的な恋に憧れる翔子は毎回、気になる男性との駆け引きを繰り広げるが、なかなか恋愛成就までは至らない。しかし、その奮闘の過程で、彼女は持ち前の明るさや力強さゆえに、周囲の人間をそれと知らないうちに元気にする。

結果的に皆は翔子の失恋のおかげで元気になるが、肝心の翔子の恋だけが上手くいかない、という、切なさの裏から少しだけ見え隠れする面白みが、『失恋シンドローム』の売りだ。

そんな翔子に惹《ひ》かれる男性キャラが毎回増えているのに、翔子自身はちっともそれに気付かず、恋愛対象として見ていない、というもどかしさも、上手く配合されている。

「個人的には、翔子にはもっとエネルギッシュに頑張って欲しかったな、って思って。……そういえば『失恋シンドローム』って、帯なんかでも〝恋愛小説〟って銘打《めいう》ってますけど、ちょっと違うんじゃないかな、って、前から思ってたんです」

「それは沢木、というか、編集側の戦略で」

「そうですよね。お仕事ですから、そういう事情があるのは分かります。でも……、もっと翔子の、『本人にはそんなつもりがないのに、自然と周りを明るく楽しくさせちゃう』……、なんていうのかな、〝お日様〟みたいなキャラクター？　を、前面に押し出してみてもいいのかな、なんて思って」

思わず熱くなって喋りすぎたことに気付いて、知磨は慌てて口調を変えた。

「すみません。勝手なことばかり言って」

「いや。……そうか、難しいな」

しかし拓は、ぽつりとそう言っただけだ。

その反応に、知磨はかえって驚いた。これまで、作品についての考察を口にすると、いつも拓は無言で仏頂面になるか、ひどい時には「お前はなにも分かってない」と怒られることもあったのだ。

「拓さん？」

「自分自身、迷っているのかもしれん」

拓が発した台詞は、静かなものの、自嘲の色に染まっていた。

「読者にもそれは伝わる。だからこそあの、売上げなんだろうな」

「きっと、大丈夫ですよ。まだ発売から少ししか経ってないって、沢木さんも言ってました。お話の展開もちゃんと次に期待が持てますし、これからじわじわ売れると思います」

だが拓は、窓の外を見たまま黙っている。そのまま長い時間が流れ、やがて拓がぽつりと言った。

「控え室、使うぞ。気をつけて帰れよ」

「はい。お疲れさまでした」

会話を打ち切った拓が、ドアの向こうに消える。知磨はしばらく立ち尽くしていたが、追いかけるわけにも、そのまま待つわけにもいかず、ドアに向かって黙ってぺこりとお辞儀をすると、カフェ六分儀をあとにした。

微かな後味の悪さを抱えたまま熊野神社の参道を下る知磨は、ふと、参道脇の木が一本、根元から切られていることに気付いた。記憶を遡ると、少なくとも先週来たときには、まだ立っていたはずだ。昨日は熊野神社を通らなかったし、今朝は遅刻しそうで急いでいたので、今の今まで気付かなかった。

切り株の大きさは大人がひとり上に乗れるくらいだが、幹がひどく腐っていて、なかはほとんど空洞になっている。確か、背の高い木で、枝を四方に伸ばし、夏頃には青々とした葉が風に揺れていたはずだ。あんなにも生命力に溢れていたのに、いざ倒されてみると、見えない部分はこんなにもボロボロだったことに、知磨は驚きを隠せなかった。

*

それから二週間が経った、日曜日。

自由が丘の街はところどころ気の早いクリスマスムードに包まれ始めていた。週末ともなれば街を訪れる人の数も増え、カフェ六分儀もそれなりに繁盛《はんじょう》していた。

「どうしたの、ちーちゃん？」

客足が落ち着いて静かになった店内、カウンターのなかでカップを拭きながら、日高が訊いた。テーブルを片付け終わった知磨が、飾り棚の前で立ち止まり、ある一点をじっと見つめていたからだ。

「マスター、なんだかちょっと……。あっ」

カップを拭き終え、カウンターから出てきた日高が、飾り棚の前に立った。知磨が声を上げた理由を、彼もすぐに理解したようだ。

「腕時計が、ないね」

「……はい。昨日帰る時には、ちゃんとありました」

「今朝はどう？」

「すみません。オープン作業はバタバタしてて、飾り棚はちゃんと見てなかったです」

「そっか。僕もだよ」

日高はあごにそっと手を当てた。

「今日はまだ〝贈り物〟交換をしたお客様もいない」

「はい。そもそも、飾り棚に近づいた人は、いなかったと思います」

知磨は無意識のうちに、両手でエプロンの裾を摑んでいた。隣で日高が、ふぅと小さく息をついた。

「確かに。……なら、〝犯人〟は三人に絞られる。僕か、ちーちゃんか、拓、だね」

澄み渡った日高の底知れぬ瞳に、知磨の背筋がひやりとした。思わず息を飲む。

「私は、知らないです」

「残念ながら、僕も」

日高が、にこりと笑った。

「じゃあ、拓さんが？」

「うーん、どうだろうねぇ。……あ、ところでちーちゃん」

「はい？」

「あの腕時計だけど、拓からなにか、話を聞いた？」

「えっ？　いえ。最近、拓さんが電池を入れ替えてたのと、なぜか三時間遅れてたことくらいしか。拓さんの口から、直接なにかを聞いたことは、ないです」

すると日高は、ちょっと迷うような素振りを見せてから、どこか優しい顔をして、教えてくれた。

「この店を始めた直後に、拓が飾り棚に置いた物なんだ」

どこかで予感はしていたが、こうしてはっきり事実を聞くと、知磨にはいよいよその腕時計が特別な物に感じられた。拓がわざわざ、切れた電池を入れ替えるくらいなのだ。いったいどんな想いがそこに在るのか、いくら考えても分かるはずはないのに、気になってしまう。

「でも実は、僕もね」

日高が少し遠い目をして、付け加えた。

「あの〝贈り物〟の来歴を、詳しくは知らないんだ。わざわざ訊いたことはないし、訊かなければ、拓からは話さないから」

日高にも知らないことがあるという事実に、知磨は素直に驚いた。だが、考えてみれば当然だ。誰だって、今この時だけを生きているわけではない。当たり前だが拓にも、知磨と出会う前の、知磨の知らない過去がある。知磨自身が拓に対して、そうであったように。

「そうなんですか。ちょっと、意外です」

知磨の脳裏に浮かんだのは、二週間前に会った女性の意味ありげな微笑だった。それを振り払うようにして、知磨は顔を上げる。すると日高が優しげな表情を浮かべて、こちらを見ていた。

「まだ交換票なんかも作る前のことでね。拓は、あの腕時計を飾り棚に置いたけれど、代わりになにも受け取っていないんだ。だから、あの〝贈り物〟は、拓のものだとも言える」

「だったら、拓さんが飾り棚から取ったとしても、それは別に」

「おかしなことではない、かな」

歯切れの悪い日高の言い回しに、知磨は困惑した。

「あれ……、そういえば、拓さんは？」

「厨房にいると思うよ。どうしたんだい？」

「いえ……、なんだか最近、お店が空《す》いている時でも、拓さんがカウンターで原稿書いてるところを見ないような気がして」

それは、近頃知磨が気になっていることだった。

「でもこの前、編集さんと打ち合わせしてたよね。今はアイデアを練ってる期間かもしれないよ？」

日高の言葉に、そうかもしれないと、知磨は思うことにした。

ちょうどその時、ドアベルを鳴らして現れたのは、朗らかに笑うカンさんだった。

「よっ、休憩しに来たよ！」

「いらっしゃいませ」

拓の話はそこで打ち切りになったはずだった。

いつものように六分儀ブレンドと本日のスイーツを楽しみながら、なんの前触れもなく、カンさんがこう口にするまでは。

「なぁ知磨ちゃん。……拓ちゃんのヤツ、作家を廃業するってホントかい？」

一応声は抑えていたが、元々声の大きいカンさんである。静かな店内では、その声は厨房まで届いていたかもしれない。しかし知磨が本当に驚いたのは、その内容だった。

「……カンさん、いま、なんて？」

あまりに予想外で、知磨はどんな顔をすればいいのか分からない。そして、そんな困惑がカンさんにも伝わったのかもしれない。彼はカップをソーサーの上に置いて、慌てて付け加えた。

「い、いや。綾香ちゃんがそんなこと言ってたような……、気が、ね。あれ？　俺の勘違いだったかな？」

ぎこちない笑顔を浮かべるカンさんに、しかし知磨は、上手く言葉を返せなかった。

＊

いつしか、十二月になっていた。街はすっかりクリスマス一色で、カフェ六分儀でもお菓子をクリスマス仕様にしたり、期間限定のブレンド珈琲を打ち出したりと工夫《くふう》を凝らしている。

　そんななか、拓はいつも通りだった。シェフとしての役目をきちんと果たし、知磨や日高とも普通に会話をしている。ただひとつ決定的に違うのは、彼が原稿に向かうところを、見なくなったことだ。これまでのように執筆できそうなタイミングは、幾度となくあった。しかし一度も、拓がカウンター右端の指定席に座ることはなかったのだ。

　単純に、店での執筆をやめただけかもしれない。なにげなく訊いてみればいいだけの話なのだが、知磨はそれをできずにいた。

　ある日曜日の朝、カフェ六分儀へと向かう途中で、知磨は自由が丘デパートを通り、春川珈琲に顔を出した。

　美容師の仕事は休みをもらったらしく、エプロン姿の綾香が、純と仲よくならんでカウンターに立っていた。

「おはよ。ココであんたと会うの、なんか久しぶりね」

　世間話をいくつかしてから、会話の間隙を見て、知磨はすぅと息を吸い込んだ。

「……あの、綾香さん」

　言いにくそうにする知磨を見て、綾香が怪訝そうな表情を浮かべた。

「なに？　どうしたのよ？」

純もその場にいて、あまり話を広めたくないとも思ったが、背に腹は代えられない。

知磨は思い切って、先日カンさんから聞いた話をしてみた。

「……もう、カンさんてば相変わらず大げさなんだから」

綾香は手で額を押さえて天を仰ぎ、大きくため息をついた。

「アタシはただ、最近、桜宮センセイが新刊を発表する間隔が、昔よりも長くなってるような気がする、って言っただけよ。いくらなんでも、尾ひれをつけすぎ！」

「そうだったんですか」

「ていうか、あんたも、そんなに心配なら桜宮センセイに訊いてみたらいいじゃない」

知磨は言葉に詰まり、なんとか答えた。

「それは……、そうなんですけど」

はっきりしない知磨の態度に、綾香がやれやれと肩をすくめた。

「心配しすぎじゃない？」

「そ、そうですよね」

綾香の言うことはもっともだ。

知磨は自分を納得させようと、何度か小さく頷いた。

「そんなの、アタシら素人がどうこう言ったって、しょうがないでしょ？」

カフェ六分儀に着き、着替えてモップを片手に開店準備をしていた知磨は、入り口近くのテーブル席であるものに気付いた。

「これ……、お客さんの忘れ物でしょうか」

遠慮がちに持ち上げたのは、一枚のストールだ。ガーゼのような柔らかい素材で、隅には小さな葉っぱのモチーフが縫《ぬ》い付けられている。

ドアの外にかけられたプレートをＯＰＥＮにして、ちょうど店内に戻ってきた日高が、のんびりとした口調で言った。

「あぁ、ごめん。それ、僕のだよ。今朝来た時外してそこに置いたまま、忘れてた」

「マスターの？　へぇ、さすが、お洒落ですね」

知磨がそれを畳んで日高に手渡すと、横から近づいてきた拓が、ストールをまじまじと見てから、こう訊いた。

「これ、〝バザーロ〟で買ったのか」

「え？　うーん。どうだろ。人からもらった物なんだよね」

そうかい、と小さく肩をすぼめた拓を見て、今度は逆に日高が拓に訊いた。

「知ってるお店？」

「フェアトレード商品を扱う雑貨屋だ」

それだけ言うと、拓は背を向け、厨房へと入ってしまった。

それを見送った知磨のなかで、突然記憶が蘇った。〝バザーロ〟とは、いつか、えみりのピアスを褒めた時に彼女が教えてくれた店名と同じなのだ。

「あの、マスター。……フェアトレードって？」

日高は軽く頷くと、説明してくれた。

「平たく言えば、発展途上国の人々の生活を、貿易で助けること、かな」

腑《ふ》に落ちない顔で首を傾げる知磨を見て、日高が優しく微笑む。

「例えば珈琲もそう。途上国で生産され、先進国で消費される農作物なんだ。……ところでちーちゃんは、珈琲豆の値段がどうやって決まるか、知ってるかい？」

「いえ、分からないです」

「海の向こう、ニューヨーク商品取引所の先物取引で決まるんだ。つまり、アメリカでの投機動向に影響を受けて、生産国における輸出価格が連動するってこと」

「なるほど……」

「途上国の珈琲生産者は、経済的に見ても、収入を珈琲栽培《さいばい》に頼るしかないケースが多い。でも、その大事な生豆の値段が、ニューヨーク相場の影響を受けてしょっちゅう変動すると、収入が不安定になり安心した生活ができないよね」

「そうですね。……珈琲だって農作物ですから、生産量も完全に一定、というわけでもないでしょうし」

　すると日高が、にっこりと笑った。

「その通り。消費国の需要量の影響だって受けるんだ。……そこで、公平貿易活動という考えが生まれた。これがフェアトレード。最低買い付け価格を保証することで、生産者の生活を安定させ、商品品質の安定向上も見込めるというわけ」

　得心して頷く知磨を前に、日高が最後に付け加えた。

「珈琲って、世界中で一億人以上が生産に関わっていて、実は石油に次ぐ大きな産業なんだ。持続させるためには、環境《かんきょう》保護や生産者への配慮がどうしても重要になる。サスティナブル……、持続的な生産を目指す珈琲のひとつのカテゴリとして、〝フェアトレード珈琲〟と呼ばれるものもあるんだよ」

「勉強になりました。……でも、ちょっと不思議なのは、マスターが珈琲のことに詳しいのは当然だとしても、どうして拓さんがその、フェアトレードの雑貨屋さんのことを……」

　少し困ったような顔をして、日高がカウンターに両手をついた。

「それは残念ながら、僕にも分からないなぁ」

その時ドアベルが鳴り、本日最初の客が訪れた。

「おはようございます。先生はいらっしゃいますか」

俯き加減の眼鏡が光って、沢木の表情はよく読み取れない。

知磨はなぜか、悪い予感がした。


その日のテーブルの様子は、これまで見たことのないものだった。拓と沢木の前には、知磨が給仕した二杯の六分儀ブレンドが置かれているだけで、拓のノートPCはなく、原稿の束もなければ筆記用具もない。それにさっきから、ふたりしてずっと押し黙っている。

知磨はカウンターの傍に控えつつも、そちらが気になって仕方なかった。

「先生、進捗《しんちょく》のほうは」

「すまないが本題だけ、話してくれないか。あんただって、そのためにわざわざ足を運んでくれたんだろう」

探るように切り出した沢木の言葉を、すぐに拓が遮った。沢木は視線をカップの黒い水面に落としていたが、やがて顔を上げると、まるで言い聞かせるようにして、ゆっくりと喋り出す。

「……大変、申し上げにくいことですが……、『失恋シンドローム』の続刊は、出せなくなりました」

聞くつもりはなかったのに、聞きたくはなかったのに、知磨の耳には届いてしまった。

拓は言葉を返さない。

沈痛な面持ちをしていた沢木が頭を下げ、なんとか言葉を続けた。

「申し訳ありません。私の力不足です。なんとか、編集長を説得したく……」

「どうして、あんたが謝る」

静かに、拓が言った。

「自分ひとりで作品を創《つく》ってるなんておこがましいことは言わないが、最終的に、世に出た作品についての責任は全て、書いた人間にある。あんたの助けがなければ形にすらならなかったし、あんたが俺に謝る理由はない」

拓が珈琲を飲む間、沢木はそんな彼をじっと見て、黙っている。やがて、嚙み締めた歯の隙間から漏れ出すように、声を上げた。

「ウチは、弱小出版社です。ヒット作にも乏《とぼ》しい。上は、『手堅く売れ続けるシリーズでなければ』の一点張り……」

「会社の舵《かじ》を取る人間の判断としては、なにも間違っちゃいないだろう」

「……でも私は！　先生の作品を世に出したい。売れ筋を狙うことは大切ですが、全部がそうなってしまっては業界そのものがやせ細ってしまいます。……私は、次の作品ではもっと、先生の持ち味を……」


沢木が帰ってからのカフェ六分儀は、一気に忙しくなった。客足が途絶えず、知磨たちは息をつく間もなく働き続けることになった。結局この日は、三人とも休憩を取る時間も遅く、ようやく落ち着いたのは、閉店時間の少し前になってからだった。

「ちーちゃんも拓も、お疲れさま。……お酒のお客さんもいないし、今日はもう閉めちゃおうか」

日曜の夜ということもあり、日高の提案で少し早めの閉店作業に取りかかることになった。飾り棚の掃除を終え、椅子をテーブルの上に上げて床のモップがけをしながら、知磨は拓に声をかけるタイミングを探していた。やがて、手早く厨房の片付けを終えた拓が、ホールに出てきた。日高となにごとかを談笑している拓に近づいて、知磨はモップの柄を握り締める。

「拓さん、あの」

その声に気付いた拓が、どこか胡乱《うろん》な顔つきで、知磨を見た。

「なんだ？」

「すみません。その……、今朝、沢木さんが言っていたこと、聞こえちゃって」

知磨は様子をうかがうように、拓を見上げた。それから、思い切って訊いた。

「……『失恋シンドローム』、終わっちゃうんですか？」

「聞いての通りだ。〝世の中に求められていないもの〟を出す道理はない」

短く言って片方の肩をすくめると、拓は背を向けた。知磨は慌てて、声を出す。

「そんな。今回の新刊も、次への引っぱりがあって、続きを待ってる読者は、たくさんいるのに」

「それはありがたいことだが、数字を出せないってことは、ビジネスにならないってことだ。だったら、潔《いさぎよ》く畳むしかない。失敗の判断と撤退《てったい》の決断は早いほどいい。遊びじゃないんだ」

「それは分かります。……でも」

知磨は口ごもりつつも、なんとか続けた。

「今は大ヒットじゃなくても、読む人の心を動かす良作って、たくさんあると思うんです。『失恋シンドローム』はそのひとつだと思うし、それに、キャラも増えてこれからの展開だって」

しかし拓が、それを緩やかに遮った。

「もう、決まったことなんだよ」

絶句する知磨に背を向けたまま、拓は静かにこう言った。

「売れない本は出せない。誰も読まない小説に意味はない。そんなもの、なんの役にも立たないだろう?」

切り忘れた有線から微かなジャズの音色が聞こえてくる。知磨は、拓の背中をじっと見つめる。すると自然に、言葉が湧き上がってきた。

「〝役に立つ〟小説って、なんですか?」

「……さあな。俺にも分からん」

短い沈黙があった。

「拓さん、なんだか少しおかしいですよ。〝意味はない〟とか、〝役に立たない〟とか、〝失敗〟だとか。普段はそんなこと、言わないのに。……ちょっと、拓さんらしくないです」

「なんだよ。藪《やぶ》から棒《ぼう》に」

拓が少しだけ首を捻《ひね》って、知磨を見た。その目を見上げていると、知磨はなぜか次第に怖くなってきて、それをごまかすように、自分でもよく分からないまま冗談めかしてこんなことを口走ってしまった。

「まさか拓さん、書くのをやめたりしませんよね？」

すぐに否定されるか、ひょっとしたら怒られることさえ、心のどこかで期待していた。

だから、押し黙った拓がゆっくりとこちらを振り返った時、知磨の背筋がぞくりと震えた。

「やめたら、どうなんだよ」

知磨は思わず、口ごもる。

「俺が書こうか書くまいが、お前には関係ないことだ」

それは、静かな拒絶の言葉だ。思わず俯いた知磨が、短い沈黙を経て、絞り出すような声を出した。

「……関係なく……、ない……」

しかしその呟きは、拓には聞こえなかったようだ。

知磨の様子がおかしいことに少しは慌てたのか、拓は僅かに身じろぎした。だから知磨は、努めて平静を装って、顔を上げた。

「いつか拓さん、言ってたじゃないですか。『チャンスがある限り、愚直に書き続けるしかない』って」

意図せず大きな声が出て、我に返って知磨は息を飲んだ。しかし拓は、あくまで穏やかに言う。

「そうだ。そして、読者から求められない、〝役に立たない〟作家は、自然淘汰《しぜんとうた》される。それだけのことだ」

知磨は反論したかった。いつものように手厳しいダメ出しをしたかった。けれども普段とは、拓が置かれている状況があまりに違いすぎた。だから知磨は、そっと唇を噛んだ。

拓はしばらく黙っていたが、やがて目を逸らすと今度こそ本当に背を向けた。

「……俺は、俺の決めたようにやる。それだけだ」

控え室に消えた拓は、着替えを済ませ、そのまま裏口から出ていったようだ。ドアを開け閉めする音が聞こえた。

動けない知磨に、しばらくは日高もカウンターのなかを片付けながら、声をかけようとはしなかった。ただ、ちょっとした気遣いで、ジャズの有線は切らないままにしてくれたようだ。

やがて、ゆるゆると動作を再開して、掃除を終えた知磨は、モップを片付けた。ホールに戻ったところで、日高がいつもよりも優しい声で、こう訊いてくれた。

「ちーちゃんは拓の小説が、好きかい？」

答えようとした。けれども胸がつかえて、上手く声にならない。知磨は大きく深呼吸すると、日高に向けて、ゆっくりと頷いた。

「私、母を亡くしてからしばらくの間は、家ばかりか学校でも、なんとなく居場所がなくて。ひとりで本ばかり読んでました。でも高校に上がる頃には、反動であまり読まなくなってたんです。実際、卒業が迫るにつれて、自由が丘の街に恋い焦がれて、なにも手につかなくなってましたし」

そこで言葉を切って、知磨は飾り棚を見た。視線の先には、ホールケーキほどの大きさをした、精巧なクラフトハウスがある。それは彼女にとって何物にも代え難《がた》い〝贈り物〟であり、大切な人との再会をこの場所で果たした証《あかし》でもある。

「進路を決める時、この街に少しでも近づこうと都内の大学を選んだんです。でも、祖父母の強い反対に遭ってしまって。とにかく体裁《ていさい》を気にする人たちですから……、地元の短大に入学させて、目の届く範囲に置いておきたかったのかもしれません」

日高もつられるようにして、クラフトハウスへと目をやった。

「一度そうと決めた祖父母を説得するのは、とても難しくて……、たとえ自由が丘に辿り着いたとしても、本当に会えるかどうかなんて分からないし……、ちょっと弱気になりかけていた時期がありました。半分投げやりに、無難に地元の大学を受験するしかないのかな、って思ってしまったこともあって……」

知磨はそこで一呼吸置いて、日高を見た。

「拓さんの作品を初めて読んだのは、そんな時です。本屋でたまたま見つけて、ちょっとした気紛れとか、気晴らしのつもりだったんです。……本当は他に目当ての本があったんですけど、それが売り切れてたから」

拓さんには内緒《ないしょ》ですよ、と小さく舌を出した知磨。

日高は、優しげな表情で、黙って聞いてくれている。

「『失恋シンドローム』の一巻目で、その時はまだ、今みたいな作品の〝売り〟が完全には固まってなくて、設定や筋書きに、強く惹かれたわけでもありませんでした。キャラの不安定さとか、経験の浅さみたいなものも、正直、感じました。でも……、ただひとつ、私の心を摑んで離さなかったものが、あったんです」

知磨はそこで一度言葉を切って、小さく頷いた。

「ヒロインの翔子が胸の底で静かに燃《も》やしている、エネルギーっていうんでしょうか。読んでいるとそれが伝わってきて、なぜだかひどく惹かれました」

マグマのように躍動する熱量は、約束の地を夢見て胸を焼く知磨を激しく揺り動かした。それればかりか、いつしか〝彼女〟は、知磨の心のどこかに小さな居場所を作ってしまった。そして気づけばいつでも熱いエネルギーを、知磨の胸に注ぎ込むようになったのだった。

「おかげで私、我に返ったんです。……ずっと胸にしまってきた気持ちに、やっぱり嘘《うそ》はつけない……、自分に嘘をついて生きるのはイヤだ、って」

知磨はぐっと息を飲んだ。

「言葉にすれば安っぽくなるのは、分かってます。でも……」

それから、さながら静謐《せいひつ》な祈りを捧《ささ》げるように、そっと囁いた。

「あのときひとりぼっちだった私は、拓さんの作品に、生きる勇気をもらったんです。……翔子が私を、この街に連れてきてくれたんです」

途端に、目と鼻の奥につんと熱いものがこみ上げてくる。必死に堪えようとしたが、もう間に合わなかった。

日高が驚くのと、目に涙を滲ませた知磨が謝るのと、ドアベルが鳴り響くのは、同時だった。

入ってきたその人物は、店内の光景を見て、しばらく動きを止めた。それからよく通る美しい声で、日高に向けて、からかうように言い放った。

「はるばる来てみれば、自分の店でこんな若くて綺麗なコ、泣かせてるなんて。とんだ不良店主ね」

それは、知磨の脳裏に消えない微笑を焼き付けた女性、その人だった。

パンツスーツを隙なく着こなした彼女は、知磨に向けて軽くお辞儀をすると、嬉しそうに言う。

「こんばんは。あなた、知磨さんよね？　こないだはちゃんとご挨拶できなかったけど」

「は、はい」

慌ててハンカチで目元を押さえた知磨が落ち着くのを優しい表情で待ってから、その女性は続けた。

「白楽《はくらく》小夜子《さよこ》です。いつも娘の凜が、お世話になっています。……それにしても知磨さん、物好きよね。こんな、なに考えてるか分からない店主のいるカフェで働くなんて」

小夜子は隣の日高を指差して、気の毒そうな顔をした。

「え？　……えっ？」

「まぁ、そんな人をパートナーに選んだわたしに、言われたくないだろうけど」

知磨は、涙を拭いたばかりの目を丸くした。

「夜にココ来るの久しぶり。……そう簡単にはこの時間に、ひとりで出歩けないんだ。子どもたちを実家に預けでもしないと、ね」

すらりとした長身の美女である小夜子は、なんと日高の元妻だった。三十そこそこ、日高と同い年で、二児の母だというのだから、人の年齢なんて見かけでは判断できないものだ。

「あ、あの……。マスターにはいつも、とてもよくして頂いてます」

先ほど、日高の前で泣いているところを見せてしまった知磨としては、恐縮《きょうしゅく》して小さくなるしかなかった。

「凜がね、あなたのこと、とっても好きみたい。会ったときの話、いつも嬉しそうにしてくれるんだ」

「あ、ありがとうございます。凜ちゃんにも、仲よくしてもらっています」

「こちらこそ」

にこりと小夜子が笑う。同時に、凛の屈託のない笑顔を思い出して、知磨の表情も自然と柔らかくなった。

小夜子は、日高が淹れた六分儀ブレンドのカップを傾けてそれを味わうと、知磨に向き直り微かに口角を上げた。

「落ち着いた？　いいものかしらね、訊いても。……どうしてあなたが、泣いていたのか」

知磨は多分に恥ずかしさを感じつつも、これまでの経緯《けいい》を話した。ところどころで日高が補足を入れてくれて助かったが、知磨が自分の〝あらぬ誤解〟を話した時には、小夜子ばかりか日高までもが珍しく声を上げて笑っていた。

「ちょっと知磨さん！　冗談よしてよ～！　わたしが拓と付き合ってるとか、ありえないったら！」

「す、すみません」

小夜子は目尻の涙を指先で拭ってから、まだ可笑しそうに笑いの発作を堪えている。

「くふふッ、だって、あの拓だよ？　あいつ、精神構造の成長が二十年前からストップしてるんだよ？」

「……ずっと昔から、ご存知なんですか？」

「ん？　あぁ、そうね、知ってる。あいつの本を読んだことはないけれど。……残念だけど理解できないんだよね、わたし」

いつか日高が、『ママさんは絵本があまり好きではない』と言っていたのを思い出した。ということは、小説も同じなのかもしれない。小夜子はカウンターに肘をつき、組んだ手の甲に細いあごを乗せた。

「根っからのナルシストなの、拓は。本人は認めようとしないけれど」

あっけらかんとした小夜子の口調に知磨が面食らっていると、日高が優しく補足してくれた。

「ちなみに同じ高校だったんだよ。僕と拓と、小夜さんは」

制服を着た若き日の三人を想像して、知磨は憧憬に似た感情を覚えた。

「拓の仕事を理解できない小夜さんが、どんな仕事してるのか、教えてあげたら？」

悪戯っぽく笑う日高に、小夜子はジト目を向けていたが、やがて小さくため息をついた。

「そんなの、聞きたい？」

「聞きたいです！」

勢い込んだ知磨に、小夜子はくすりと笑った。

「労働基準監督官《かんとくかん》。平たく言えば、厚生労働省《こうせいろうどうしょう》の職員ね」

厳めしい名前の職業だが、小夜子が分かりやすく教えてくれた。それによると、様々な企業における労働環境をチェックし、監督、指導するのが仕事だそうだ。

「任務は、企業の過《あやま》ちを正して、働く人を守ること。……だからあなたも、職場での悩みがあれば相談してね。監督官は特別司法警察職員でもあるから、悪質な責任者を逮捕することもできるんだ」

小夜子はそう言って、涼しげな笑みを日高に投げ返した。

「す、すごい。カッコいいです」

知磨が本心からの感想を漏らすと、小夜子はきょとんとした顔をした。

「そうかなぁ？　……あ、でも、自分で言うのもなんだけど、子どもの時から正義感だけは人並み以上にあったかも」

社会正義のために日夜タフな仕事をこなす小夜子が、少しだけ肩の力を抜くことができるのが、ここカフェ六分儀のカウンターなのかもしれない。日高の淹れたブレンドを味わう小夜子を見て、知磨はふたりの絆《きずな》に想いを馳せた。

「実は拓ね、今、大変みたいなんだ」

日高は、拓が立たされている窮地《きゅうち》について、小夜子に説明した。彼女は黙っておしまいまで聞いていた。やがて視線を宙に漂わせ、言葉を選ぶような素振りを見せつつ、最後にはドライな口調で意見を述べた。

「あいつの苦しみを否定するつもりはないけど、続けられないなら、そこまで。それはどんな仕事でも同じ。目指すか、目指さないか。書き続けるか、筆を折るか。決められるのは本人だけ。……言い換えれば、自分の力でコントロールできるのは、その一点だけ。結果なんてものは、あとからついてくるものだから、必要以上に考えても仕方のないものだと、わたしは思うけどね」

小夜子は軽くため息をついて、続けた。

「だいたい、〝役に立たない〟とか〝意味がない〟とか。なにそれって感じ。思い上がりも甚《はなは》だしい。……知磨さんも、そう思わない？」

「え、と……。そうですね。どうして拓さんが突然そんなこと言い出したのか、実は、よく分からなくて」

しどろもどろになって答える知磨の様子を、小夜子はじっと見つめていた。白磁のカップをソーサーの上に戻すと、彼女は再び短いため息をつく。確認するようにちらりと日高を見上げた目つきは、どこか有無を言わせない感じだ。日高もそれを承知なのだろう。苦笑を浮かべて、微かに頷いた。

それを受けて、小夜子が知磨に向き直る。浮かべた表情は、どこか優しかった。

「駄目よ知磨さん、拓みたいなお子様に振り回されたら」

「えっ、と……」

「こないだここで知磨さんと会った時、わたしね、拓に届け物があったんだ。まぁ、わざわざ手渡さずに、送ってもよかったんだけど」

それを聞いてピンときた知磨が思い浮かべたのは、あの日拓が、手にしたハガキをそっとカウンターに裏返したシーンだ。

「凜がとってもお世話になっているし、わたしも知磨さんのこと、すごく気に入っちゃったから、ちょっと〝お話〟させてもらっていい？ ……聞きたくない話だと思ったら、いつでも遮ってもらって構わないから」

困惑する知磨をよそに、小夜子はゆっくりと語り始めた。

「わたしの友人に、等々力《とどろき》陽咲《ひさき》っていう女がいてね」

小夜子の視線は、どこか挑むようなニュアンスで知磨に向けられている。見返していると、自然と知磨の胸の鼓動が速くなった。

「細かいところで気が合うのか、なぜか昔から仲よくてね。この歳になっても付き合いは続いてる。ただ、なんていうの、人生観？　それだけは全然違って、昔も今も、全く理解できないんだよね」

言葉を挟めず、知磨は息を飲む。

「陽咲は昔から、自分の価値観でしか物事を捉えられないタイプ。なかでも〝自立〟や〝成功〟なんてものに、並々ならぬ熱意？　執着みたいなものを持ってて。承認欲求が人一倍強かった」

小夜子がそこで言葉を切って、少し笑った。

「〝世の中の役に立つ〟ことが全てで、それ意外は全て無意味、みたいな決めつけ、わたしは真っ向から反対ね。だってそうでしょう？　ひとりで生きてる人間なんて、いないんだから。人は生きてるだけで他人に迷惑をかけるし、逆に思いがけず人を救ったりするもの。……〝世の中の役に立つ〟なんて一方的な考え方そのものが自己満足的だし、とんでもない思い上がりだと思うな」

客観的には間違いなく〝世の中の役に立つ〟職業に就《つ》いている小夜子が言うことで、その台詞には代え難い重みが生まれる。知磨は半ば圧倒されて聞き入っていたが、やがて我に返って、あることに気付いた。

陽咲という女性の人生観は、先ほど拓が口にした〝らしくない〟発言と、どこか似通う。それは、つまり。

とある仮定にいき着いた知磨の表情が変わったのを読み取ったのか、小夜子がことさらゆっくりした口調で、こんなことを言った。

「まぁなんだろ、分かりやすく言うと、陽咲は拓と付き合ってたわけ。……大学生の頃かな？　拓にあの子を紹介したの、わたしなんだけど」

そこで言葉を切って、小夜子は知磨の様子をじっとうかがった。これ以上話を続けてもいいか、確認しているのだと分かった。知磨は微かな動揺が顔に出ないように気を配りながら、両手を胸の前で握り締めて、ゆっくりと頷く。小夜子はそれを見届けると、ふっと笑ってから、先を続けた。

「ま、そんな性格だったから、陽咲は大学卒業後、〝成功〟を求めて職を転々としてた。いろいろあって、今は海外で仕事してるみたい。で、こないだ突然ハガキが来たの。『現地で自分の会社を興《おこ》すことになった』って。……それはいいんだけど、なぜかわたしのところに二通来たわけよ。一通は拓に渡してくれないか、って」

知磨の表情をじっと見つめながら、小夜子は笑う。

「ちょっと、分からないでしょ？　元カレへの近況報告なんて自分でやればいいのに、『お互い連絡先を知らない』なんて、しれっと書いてあるわけ」

そこまで喋った小夜子は、まるでもう〝お話〟は終わりだと言わんばかりに、急に口調を変えた。

「ところで知磨さんは知ってる？　拓がどうして、作家を仕事に選んだのか」

「えと……、いいえ、知らないです」

「ま、わたしも本当のところは知らないんだけどね。……ただ、あいつ、しつこいとこ、あるんだよね。ひょっとすると本人はそれを〝誠実だ〟とか〝義理堅い〟とか思ってるのかもしれないけど」

最後の言葉はどういう意味で、そして小夜子はどういう想いで、自分に〝お話〟を聞かせてくれたのだろうか。全く分からないというわけではないが、やはり彼女の真意は測り知れなかった。

陽咲という女性のことを根掘り葉掘り尋ねたとしても、小夜子はきっと答えてくれないような気がする。仮に教えてくれたとしても、それで自分はどうするのだろう。どうしたいのだろう。

それが分からなかったので、知磨は曖昧な微笑を浮かべただけだった。自分ひとりでは決して知り得なかったであろう視点を、小夜子が与えてくれたのは事実だ。それだけでも、感謝しなくてはならない。

知磨は短く息を吸うと、小夜子に向き直り、ぺこりと頭を下げた。

「あの……、ありがとうございました。小夜子さんとお話できて、嬉しかったです」

「こちらこそ、楽しかったわ」

「私、電車の時間がありますので、そろそろ失礼しますね」

「あら、ごめんね。引き止めちゃって」

控え室で着替え終わった知磨は、日高と小夜子に丁寧《ていねい》にお辞儀をして、店を出た。

星空の下を歩きながら、いろいろな考えが頭に去来する。拓の小説のこと、飾り棚の腕時計のこと、そして、等々力陽咲という女性のこと……。

知磨は無意識のうちに、胸に手を当てる。そこにあるはずの〝彼女〟の居場所が、まだなくなっていないことを、確認するかのように。

「私は……、どうしたいの？」

自問して、夜空の星を見上げた。

答えは星の数ほどあるのだ。そこから選び取ったひとつが、自分にとって〝ただひとつの答え〟になる。

知磨は輝く星空を瞳に映してそう考えながら、静かに大きく、頷いた。

*

沢木と待ち合わせたのは、それから一週間以上経った、平日の午前中だった。

「すみません。突然、無理なお願いをしてしまって」

御茶ノ水駅《おちゃのみずえき》の改札口に現れた沢木に向けて、知磨はそう言って頭を下げた。

「とんでもない。吉川さんのような美人とお茶をご一緒できるなんて、喜んで参上するに決まってるじゃないですか」

いつもの紳士的な振る舞いは崩さないものの、沢木の顔には若干の疲れが見え隠れする。

「お仕事、大丈夫だったんですか？」

「あぁ、ご心配なく。ウチの編集部じゃ、みんな出勤するのは午後になってからです」

聞けば沢木も、昨夜は午前三時頃までオフィスにいたらしい。そんななか、今日は出勤前に知磨と会う時間を作ってくれたというわけだ。

「吉川さんは？　このあと六分儀でバイトですか？　平日ですけど、大学はお休みかな？」

「いえ……、違うんです。今日はちょっと……、大学のほうは……」

曖昧な言葉で苦笑する知磨だが、要は講義をサボってまで、早く沢木に会いたかったということだ。

「そうですか。では、手近なところで……」

沢木にエスコートされる形で、こぢんまりとしたカフェに入った。

向かいあってテーブル席に座り、注文を済ませると、まずはいくつかの世間話で緊張をほぐす。そして頼んだ飲み物が運ばれてくる頃に、知磨は意を決して、ゆっくりと切り出すことにした。

「あの、沢木さん。……ひとつ、訊いてもいいでしょうか」

沢木は目線だけで、頷いた。まるで知磨がこれからなにを言うのか、全て見通しているかのような表情だ。

「拓さんのことです」

沢木は、知磨の言葉にそっと割り込んできた。

「私の責任です。編集長を説得し切れませんでした」

知磨は心を落ち着けようと、自分の前に置かれたホットのカフェラテを一口飲んだ。しかし、日高が作ったカフェラテの味が懐かしくなっただけだ。すぐにカップを置いて、まっすぐに沢木を見る。

「『失恋シンドローム』は、とてもよい作品だと思います。ちょっと地味だけれど、読んだら元気になれて……、きっとこれから、じわじわ売れると思います。お話の途中で終わらせてしまうのは、本当に正しい判断なんでしょうか」

静かにこちらを見返してくる沢木の瞳は、隠しようのない悲しみに彩られている。

もちろん、知磨には分かっている。社会人経験もなく、売上げや収益のなんたるかも知らない自分が、プロの編集者である沢木に向かって意見するなど本来ならとんでもないことだ。

なにより、このことで誰よりも心を痛めているのは、他ならぬ沢木自身なのだ。怒鳴られたとしても文句は言えない。

「……正しくは、ありません。上の判断は間違いです。大間違いもいいところですよ」

しかし沢木は声を荒げることなく、静かにそう言った。

「吉川さんの仰る通りです。桜宮先生の作品は、読者を勇気づける力を持った良作です。ここで……、こんな道半ばで終わらせるのは、あまりにも……」

俯いて絶句した沢木だったが、やがて感情を整えた表情で、ゆっくりと顔を上げた。

「しかし、ビジネスという観点から見れば、この判断は間違っていません。そして商業作品である以上、全ては『収益を出すため』という原則に基づいて進行します。そこから逃れることはできません。その息苦しさから解放されたければ、アマチュアになるしか道はありません」

〝それが、プロであるということです〟と、沢木の目が言っている。

知磨はゆっくりと深く、頷いた。そして、傍《かたわ》らのバッグから大小の紙束を取り出して、テーブルの上に置いた。

「これを、沢木さんに渡したくて。少しですけど」

知磨は薄くて小さいほうの紙束を手に取り、沢木に差し出した。それは、本に挟まれているアンケートハガキだ。作品の感想を書いて投函《とうかん》すれば編集部経由で作家に届けられ、同時に編集部にとっては作品の人気を知るためのバロメーターにもなる。

「吉川さん……、これは？」

沢木は驚いた表情で、ハガキを一枚ずつ繰って、内容に目を走らせている。

「私、大学でそんなに友だちが多いわけでもないので……。読書好きな子を何人か尋ね回って、拓さんの本を読んだことがある人に、書いてもらうようにお願いしたんです。……作品や作者が好きでも、アンケートハガキを書かない人だっているじゃないですか？」

〝担当編集と顔見知りで直接手渡せる〟という話を信じてくれた人が、知磨を信頼して〝読者の声〟を託してくれたというわけだ。

「図書館で借りて読んだっていう人には、私から本をプレゼントして、その代わりにハガキを書いてもらいました。……あ、もちろん〝『失恋シンドローム』が終わるかもしれない〟とは、誰にも言っていません」

続けて知磨は、もうひとつの紙束を持ち上げた。こちらはA四判で、それなりに厚みがある。

「こっちは、ネットで『失恋シンドローム』の書評を探して、印刷したものです」

読書記録ページの書評や、書籍《しょせき》通販のレビュー、個人のブログに書かれた感想まで、その内容は多岐《たき》にわたる。

「沢木さんからすれば、大したことのない情報なのかもしれません。でも、私が見た限りでは、続刊を期待している人がたくさんいます。もちろん、評価の厳しい記事もたくさんありましたけど……、既に私が指摘済みだったので除外しました！」

最後だけ、なぜか頬を膨らませて憤る様子の知磨を見て、ぽかんとしていた沢木が不意に小さく噴き出した。それから、受け取った紙束をどこか優しい表情で眺めている。

知磨はそこで大きく深呼吸をひとつすると、改めて、沢木に向き直った。

「ビジネスのことは分かりませんけど……、どうか、ひとりの読者として言わせてください」

その落ち着いた声の響きに、沢木がページをめくる手を止めて、知磨を見た。

「こんなに……、こんなにも、拓さんの作品が好きな人たちがいるんです」

沢木は、テーブルに置かれた〝読者の声〟を、ゆっくりと眺め回した。

「どうか、終わらせないでください。拓さんに、続きを……、書かせてあげてください」

気付けば知磨は、祈るように声を絞り出し、目を閉じて、頭《こうべ》を垂れていた。

そのまま、僅かな沈黙が流れ、沢木が紙束をテーブルの上に戻す音が聞こえた。

「顔を上げてください。……吉川さん。いつも、ありがとうございます」

突然、礼を言われた意味が分からなかった。知磨は戸惑いながら、顔を上げる。

「桜宮先生の作品を真剣に読み、真剣に考え、真剣にご意見をくださることに、です。……いつか私が頼んだことを、律儀に守ってくれているのですか？」

「それもあります、けど。ただ、〝もっとこうすればよくなるのに〟って、思ったままを口に出してるだけで。拓さんはきっと、いつも怒ってると思います。素人が知ったようなことを言うな、って」

「とんでもない。先生はちゃんと、吉川さんから頂く意見を真面目に検討されてますよ。打ち合わせの場で私に相談されますから。私自身、いつも、とても鋭いご意見だと感心しています」

そして沢木は感慨深い表情で、知磨が用意した紙束を見つめた。

「これを……、先生に見せたいですね」

「だっ、ダメです。私が勝手にこんなことしたと知ったら、拓さん、絶対怒ります」

慌てる知磨を見て、沢木はますます優しそうな顔になった。

「吉川さんは、『失恋シンドローム』の一番大きな魅力は、なんだと思いますか」

知磨はほとんど反射的に、自らの胸にそっと手をやった。熱いエネルギーを送り込んでくれる〝彼女〟の存在を、確かめるように。

「それは……。ヒロインだと思います。翔子が知らず知らずのうちに、周りのキャラクターを元気にするみたいに……、拓さんの作品を読んで、元気になったり、生きる勇気をもらった人は、たくさんいると思います。……絶対に……、いるんです」

沢木は満足げに頷くと、エスプレッソに砂糖《さとう》を入れてかき混ぜ、それを少し味わった。

「私も同じです。意見が合いましたね」

優しい笑みを向けられて、知磨は言葉を返せなくなった。照れを隠すように、カフェオレに手を伸ばす。それからしばらく、ふたりは無言でカップを傾けた。

「これらの大切なデータは、ありがたく頂戴《ちょうだい》します。上への交渉に使わせて頂くこと、お約束します。……それに、ぜひとも桜宮先生にもお目にかけたい。ご心配なく、吉川さんのことは伏せておきますので」

沢木はそう言うと、紙束を慈《いつく》しむように、丁寧にカバンにしまった。

知磨だって、本当は分かっている。〝データを用いて上層部の説得を試みる〟など、そんなことはとっくに、担当編集として手を尽くしているに違いない。そんななか、素人である知磨が短い期間で集めたものが、どれほどの役に立つのかということも。

それを裏付けるように、沢木は表情を整え、知磨を真正面から見つめると、こう宣告した。

「吉川さん。これだけはハッキリ言っておきます。『失恋シンドローム』の打ち切りは、会社の決定事項です。私個人が〝諦めていない〟こととは全く別の次元の問題として、この決定を覆《くつがえ》すことは困難です」

疑いようもなく突き付けられた事実に、知磨はぐらりと世界が揺れるような錯覚《さっかく》を覚えた。

そのまま倒れそうになった知磨の意識をつなぎ止めたのは、沢木が続けたこんな一言だった。

「だから……。ひとつ、お願いされてくれませんか」

一転して、彼の顔には苦渋の色が浮かんでいる。

「担当編集である私にはできなくても、吉川さんになら、頼めるかもしれないんです」

そう言って彼は、テーブルの上になにかを置いた。


沢木と別れ、知磨はぼんやりとした頭で電車に乗った。今から大学へいく気にはなれず、かといって家に帰る気にもなれない。気がつけば、自由が丘に来ていた。

カフェ六分儀は営業時間中だ。日高と拓は店にいるだろう。知磨はひとりで路地を歩きながら、気持ちを整理することにした。

「やっぱり、私ひとりがちょっと駆け回ったところで……」

なにも、変えることができなかった。

知磨は無力感に苛《さいな》まれつつ、沢木の宣告を反芻《はんすう》していた。けれども、何度繰り返してみても、〝翔子の時間が止まってしまう〟という重い事実が、胸にのしかかるだけだった。

ため息をついて、肩のバッグを抱え直す。そこには沢木から受け取ったものが入っており、先ほどから彼女の心をかき乱している。

雑貨屋の店先を眺め、石畳に靴音を響かせながら、自由が丘の街をあてもなく彷徨う。いつしかサンセットアレイに来ており、お気に入りのインテリアショップに足を踏み入れていた。

店内の穏やかなBGMに身を任せ、欧州《おうしゅう》のアロマキャンドルやバスグッズを眺める。きちんと畳まれて棚に置かれた、手触りのよさそうなバスローブに思わず手を伸ばした時、横から誰かの手が伸びてきて、知磨と同じ品物に触れた。

知磨は「あっ」と声を上げて手を引きながら、相手の手を見た。肌は美しく、爪《つめ》もきちんと手入れされている。

「なかなかよい趣味してるわね」

聞き覚えのある声に弾かれるようにして顔を上げると、隣にいたのは遼吾だった。

「遼吾さんこそ。ここにはよく来るんですか？」

「まぁね。まさかアンタも、この店がお気に入りなんて、言うんじゃないでしょうね」

思わず微笑んだ知磨を見て、遼吾はやれやれと肩をすくめた。

「生意気だこと」

「えへへ……」

どうしても、声に力が入らない。

知磨はごまかすように笑ったが、ぎこちない笑顔にしかならず、遼吾の眉間《みけん》にしわが寄っただけだった。

「アンタ、なんか変ね。悪いものでも食べたの？」

「いえ、いたって健康です」

「ふぅん……。あ、そうだ」

彼は突然、挑むような目つきで、こちらを見た。

「ねぇ、アンタ暇でしょ。暇よね？」

知磨は即答できなかった。拓のこと、沢木から頼まれたことが、頭に浮かんでは消える。そのくせ、すぐに「暇じゃありません」と言えないところに、自身の迷いを認めなくてはならなかった。

「どう？　女神まつりのときの約束、果たす気はない？」

そう言った遼吾の瞳は、意外にも優しい光に満ちていた。

夕刻の、神田酒道場。

今日、えみりは店の手伝いに出ていないようだ。

知磨と遼吾はカウンター席に並んで座り、互いに日本酒の杯を傾けている。

「可愛い顔して酒豪とか。アンタ、どこまでも鼻につく女ね」

わさびを載せた胡麻《ごま》豆腐を箸《はし》で切り分けながら、冗談めかして遼吾が言った。

いつもなら負けじと切り返す知磨だが、今日に限ってそれができなかった。自分で思うほど、気持ちの整理がついていないのかもしれない。なんとか苦笑を返すので精一杯になってしまった。

遼吾はしばらく黙って日本酒を舐めていたが、不意に口を開いた。

「で、なにがあったのよ」

「え、っと？」

「初めて会った時のアンタなら、すぐさま言い返してきたでしょうよ。さっきもそうだったけど、張り合いがないったら」

「いえ、その……。なんていうのかな、ちょっと複雑な話で、私もまだ、自分の気持ちを上手く説明できないというか」

申し訳なさそうに笑う知磨に向けて、遼吾はため息をつくと、いきなりこんなことを話し出した。

「アタシね、あの殿方のこと探して、会いに行ったのよ」

「……まさか、〝紅茶王子〟ですか？　女神まつりのときに見た」

頷いた遼吾はカウンターに肘をついて、遠い目になる。

「どう、聞きたい？」

「はい。聞かせてもらえるなら」

知磨が首肯すると、遼吾はゆっくりと語り始めた。

かの人が、自由が丘にある紅茶専門店で働いていることを突き止めた遼吾は、先日、身だしなみを整え、女性客で溢れかえるその店を訪れたらしい。一時間近く待ってようやく店に入ると案内されたテーブル席に座り、並んでいる間に決めたオーダーをウエイトレスに伝えた。

メニューを吟味するふりをしながら紅茶王子の様子をうかがうと、彼は各テーブルをまわって笑顔を振りまいている。じりじりと待っていると、やがて遼吾の前にもやってきた。

「いらっしゃいませ」

恭しくお辞儀をする彼を前にして、遼吾は緊張のあまり、ほとんど喋れなかった。

ぎこちない笑みを浮かべ、黙礼を返すのがやっと。

それを、〝静かなティータイムを望むひとり客の反応〟と受け取ったのかもしれない。紅茶王子は、遼吾が注文したアフタヌーンティーセットを給仕してくれたが、それが終わると「どうぞ、ごゆっくり」と頭を下げて、テーブルを離れてしまった。

会話のきっかけになるかもしれないと思って事前に勉強した紅茶の知識も、役に立たなかった。自分はただのひとりの〝寡黙《かもく》な男性客〟と認識され、想い人とひと言も言葉を交わせなかったのだ。

「遼吾さん、誰とでも上手に喋れそうなのに……。好きな人の前だと奥手な感じになっちゃうんですね」

話を聞いた知磨は、しみじみと呟いた。

「ほんと、自分がイヤになるわよ。肝心な時に弱気になるんだから」

「大丈夫ですよ。遼吾さん、なんて言うか〝まっすぐ〟ですから。きっと、上手くいきます」

「アンタみたいなお嬢に慰められるなんて、不本意だったらありゃしない」

「そんなこと言わないでくださいよ」

「ま、いいのよ。アタシはちょっとやそっとじゃ、諦めないオンナなの」

並んで語りあう知磨と遼吾は、一見するとありきたりな男女カップルに見えるのかもしれないが、そうではない。知磨は遼吾の話を聞いて、少しもおかしいとは思わなかったし、応援したいと思った。そして同時に、いつの間にか自分も、上手く喋れそうな気がしていることに、ふと気付いたのだった。

それを見越して、遼吾は敢えて自分の話を先にしてくれたのだ。

「さ、悲劇《ひげき》の恋の物語はこれくらいでいいでしょ。こんどはアンタの番よ」

「え～、っと。……その、……なんと言いますか」

しかし、結局はこの期に及んでも口ご《ご》もる知磨に、遼吾が大きなため息をついた。

「アンタねぇ、せっかくのお酒をまずくする気？　いいのよ、ゆっくりでも。聞き上手なアタシがちゃんと汲《く》み取ってあげるわよ」

なにを躊躇《ためら》っているのだ、と呆れる彼に、知磨もようやく決心がついた。ゆっくりと〝悩み事〟を話し始める。拓の小説のこと、そして沢木から頼まれたことにも、少しだけ触れた。

遼吾は時折こちらを見ながら、黙って最後まで聞いていた。知磨の話が一段落したところで、彼は静かに、こう訊いた。

「アンタ、拓ちゃんに作品を書き続けて欲しいって思ってるわけ？」

「はい。でも、『失恋シンドローム』の続きは、もう……。出版社の決定は覆らないって分かってて……」

呟いて俯いた知磨を見て、遼吾が肩をすくめた。

「アンケートだか書評だか知らないけど、拓ちゃんが筆を折ったら同じことでしょう？」

「……え？」

知磨は不意を突かれたように、顔を上げた。

「もう一度訊くわよ。アンタはその作品が続いて、翔子とやらが生き続けることが大事なわけ？　それとも、拓ちゃんに作家を辞めてほしくないわけ？　どっちなのよ」

「それは……、拓さんに、書き続けて欲しいです」

「ならどうして、それを本人に言わないの」

こちらを見つめる遼吾の瞳は感情に溺《おぼ》れていない。事実を確認するためだけに、彼はそう訊いているのだ。

「……私なんかが言っても、拓さんには通じなくて。相手にしてもらえないというか」

要領を得ない知磨の答えに、遼吾は大げさなため息をついた。

「じゃあ、アンタにとって拓ちゃんは、なんなの？」

「と、いいますと」

「取り繕わなくていいの。正直に、思ったことを言いなさい」

知磨は沈黙の後、少し俯いた。

「拓さんが私の〝味方〟だって、言ってくれたことがあって……。これはまた、別の話なんですけど」

「話してみなさいよ」

「少し長くなるんですけど、いいですか？」

当然とばかりに頷いた遼吾に、知磨は自分がカフェ六分儀でバイトを始めた理由と、そこで大切な人と十年ぶりに巡り会った時のことを、かいつまんで話した。

「約束の日、期待や緊張や不安で潰れそうになってる私に向かって、マスターと拓さんが、『お前の味方だ』って」

「素敵じゃない。それでアンタは、どう思ったの」

「心強かった、です」

杯を干して、ふぅ、と遼吾が短く息を吐いた。

「アンタは同じように、拓ちゃんの〝味方〟になりたいの？」

知磨は言葉に詰まりながら、なんとか答えた。

「そう、ですね。……そういうことに、なるのかな」

「ダメね、そんなんじゃ。誰かの支えになることなんかできないわよ」

「ぇっと。……ダメ、ですか」

知磨の細い肩がぴくりと震える。

それを見て、遼吾が目を伏せた。

「アタシに言わせれば、まだアンタは所詮《しょせん》、自分のことしか考えてないのよ」

遼吾の言葉に想いを馳せながら、知磨は日本酒を少し飲んだ。華やかな香りが、鼻へと抜けてゆく。

自分は体裁ばかりを気にして、肝心の拓と向き合うことに躊躇しているのだろうか。

「あとね、相手に見えないところで健気《けなげ》に頑張るのもいいけれどね。……アンタ、本当はそんなガラじゃないでしょ？」

「う。……はい、多分」

「思うことがあるなら、面と向かってちゃんと伝えなきゃダメよ。ましてや相手は〝あの〟女々しい残念オトコなのよ？」

「遼吾さんも翔吾さんも、拓さんに対して遠慮がないっていうか、すごく仲よしですよね」

「コラ。ごまかしてんじゃないわよ。分かったの？」

「……はい」

「〝遠慮がない〟とか、アンタに言われたくないわよ」

「すみません」

「いいこと？　拓ちゃんの鈍感力《どんかんりょく》を甘くみるんじゃないわよ。言いたいことは、はっきり言いなさい。アイツが逃げようとしたら、首根っこ摑んででも、分からせるのよ」

「が、がんばります」

そして遼吾は空になったお猪口を手のなかで回しながら、こんなことを付け加えた。

「ついでに、面白くもない一般論を言っておこうかしらね。……いい？　総じて男ってのはジメジメと昔の恋を引きずるものよ。そして、それを断ち切れるのは、全く新しい、別の女だけなの」

「そういうものですか」

「ま、アンタ見てくれだけはいいから、きっと昔から、いつだってバカなオトコどもに惚れられる側で、そんな気持ち味わったことないんでしょうけどねっ！　きぃ～っ、ムカつくぅ！」

「ちょ、ちょっと遼吾さん。落ち着いて……」

「うっさいわね！　この美人！　可愛さの独占は罪なのよ！」

「なな、なんですかそれ」

「もっと飲むわよ！　龍《りゅう》ちゃん、お酒追加してちょうだい！」

ほどなくして厨房の奥から龍之介が音もなく現れ、二本の徳利をカウンターに置くと、にっと知磨に笑いかけた。

杯を傾け、好きな料理を注文して、それからふたりは他愛《たわい》のない話をした。それはひどく心地良い時間で、知磨にとっては、大学での交友関係では決して味わうことのできない、貴重なものだった。

「女神まつりの時、アンタのこと『女から嫌われるタイプ』って言ったの、覚えてる？」

「はい、ちょっと傷つきましたから」

「あら、それは悪かったわ。とんだガラスハートね」

ひとしきり笑ってから、遼吾は続けた。

「あの時は直感だったけどね、こうして話してみると外れてなかったって思うわ」

「そうなんですか？」

「外見のことじゃないわよ？　アンタがしっかり〝生きてる〟ってこと。それすらできない連中は、アンタみたいなのをやっかむもんよ」

咄嗟に言葉が出なかった。

「アタシの経験上……、事なかれ主義のくせに、妙な正義感を振りかざすような、めんどくさい女。多分そういう連中は、アンタのことが嫌いよ」

反射的に思春期の頃の記憶を遡り、いくつかの過去事例を思い出した知磨は思わず苦笑を浮かべた。けれども、なぜだか少し、愉快に思えた。

「遼吾さんは、なんのお仕事をしてるんですか？」

宴《えん》もたけなわ、知磨は少しだけ酔いの回った頭で、他意もなくそう訊いた。

「ボディビルダー」

「えっ！」

遼吾が噴き出した。

「オカマバーのママ。安楽椅子探偵。空間デザイナー。保育士もいいわね」

「やってみたいんですか？」

「そうよ。やりたいことはいろいろあるわ。なんだってできるのよ。その気になれば」

そう言った遼吾は、一枚の名刺をカウンターに置いた。目を凝らしてみると、それは日本料理のお店で、住所は新宿だ。

「板前やってるの。翔吾と違って、アタシは昔から和食《わしょく》一筋」

「すごい……。今度、食べにいってもいいですか？」

「アンタみたいな小娘には、まだ早いわよ」

それでも遼吾の顔には「勝手になさい」と書いてある。知磨は嬉しくなって、名刺を大切そうに両手に持ったまま、久々に満開の笑顔を咲かせた。

＊

十二月も半分近くが過ぎた。

週末に自由が丘の街を歩いていても、どことなくせわしない気分になる。カフェ六分儀を訪れる客も、皆ゆったりと珈琲を味わっているように見えて、最後はどこか足早に店を出てゆくような気がするのは、気のせいだろうか。

知磨はテーブルを片付けてから、カウンターに近づいた。ちょうど店内が一段落したところだったので、日高は焙煎したいくつかの豆を用意して、ブレンドを試そうとしているようだ。

「最近は拓、ちっともここに座らなくなったよね」

日高の目は、拓の指定席だったカウンター右端の席に向けられている。知磨は浅く頷いた。

「ちーちゃんは、どう思う？」

表情に疑問符を浮かべる知磨を見て、日高が付け加えた。

「拓はこのまま、本当に書くことをやめちゃうのかな？」

「それは……、分かりません。でも、拓さん自身が決めることだって、本人も言ってました」

拓は休憩を取るため、控え室に入ったばかりだ。いつも必ずイヤフォンで音楽を聴《き》いているので、そんな必要はないのだが、なぜか知磨は声を抑えてしまう。

「実は、えみりちゃんに訊いてみたんだ」

日高が豆をグラスに入れる、軽やかな音が響いた。

「こないだ拓が言っていた、フェアトレードの、バザーロっていうお店のこと」

どうして日高が突然そんな話を始めたのか分からず、きょとんとしていると、彼はおもむろに、カウンターのなかでドリップの準備を始めた。サーバーにドリッパーをセットし終えると、先ほどブレンドした豆を電動ミルに入れて、できた粉をフィルターに載せる。銅製のポットから細くお湯が注がれる様子を見ながら、知磨はこれから日高がなにを言おうとしているのか想像しようとしたが、実を結ばなかった。

「拓がどんな決断をするのかは分からないけれど。飾り棚にある、いや、〝あった〟腕時計について、僕の勝手な想像を、聞いてくれるかな」

立ち上る珈琲のアロマが、日高を中心としてカフェ六分儀の店内を支配してゆく。知磨はどこか夢見心地のまま、ガラス製のサーバにドリップされたブレンド珈琲が、白磁のカップへと移されるさまを、そして日高がカップに口をつけ、淹れたての珈琲を味わうところを、見つめていた。

「程よく謎がブレンドされたみたいだ。その可能性を、吟味してみよう」

「マスター、いったいなにを」

満足そうに口角を上げてから、日高はゆっくりと語り始めた。

「あのストールをバザーロの商品だとすぐに見抜いた拓には、それが途上国のフェアトレードを支える商品であるという、前提知識があったんだと思う」

知磨は頷く。確かにあの時拓は少し見ただけで、店名を違《たが》わず言い当てた。ストールには、店名がはっきり分かるタグなどはついていなかったはずだ。素材か、色か、あるいは特徴的なデザインや紋様《もんよう》なのか。商品の知識を持っていたということには、納得がいく。

「えみりちゃんによれば、バザーロが扱う商品の輸入国は、ネパールなんだ。僕のストールも、現地の女性たちが収入を得るために、手織《てお》りで作った物らしい」

突然飛び出した異国の名前に、知磨の思考は一瞬停止する。

「インドと中国《ちゅうごく》チベット自治区に挟まれた国だよ。北部にはヒマラヤ山脈《さんみゃく》がある。首都はカトマンズ。そして」

ようやく知磨が世界地図を思い浮かべ、その位置をぼんやりと摑んだ時、日高が続けた。

「東京とカトマンズの時差は、約三時間なんだ」

それを聞いて、知磨の頭のなかにも電流が走った。拓が電池を入れ替えたはずなのに、三時間遅れだった、あの腕時計。

「……拓さんは時刻合わせをしなかったんじゃなくて、カトマンズの時刻に合わせていた、ってことですか？」

日高は再びカップを口に運んでから、少し穏やかに微笑んだ。

「僕のささやかな〝仮説〟はこんな感じさ。……大学卒業後、〝成功〟を夢見て職を転々としていた陽咲さんは、ある時海外に飛び出した。そして、ネパールで現地の生産者と関わる仕事に可能性を見出《みいだ》した」

「陽咲さんは、バザーロで扱う商品を、現地で調達するお仕事をしてる、ってことですか」

「正確には〝していた〟かな。現地で自分の会社を興したというから、バザーロとの関係がどうなったのかは分からない。ただ、なんにせよ、想像以上に大変な仕事だと思うよ。僕も珈琲豆の現地調達について少しは知っているから、よく分かる。現地の生産者側は一家の生活がかかっているし、商品を仕入れたい店側は常に採算を考えなくてはいけない。お互いの生活と仕事が交錯《こうさく》して衝突するなかで、双方にとっての最適解を見つけ出すんだ。相当な精神力が要求されると思う」

知磨はそっと目を閉じて、見知らぬ異国に暮らす人々の存在に想いを馳せた。

「一方で、東京に残って小説を書き続ける拓にとって、いつでもカトマンズの時刻を指しているあの腕時計は、陽咲さんの忘《わす》れ形見《がたみ》だったんだろう。……けれど、そこに、ハガキが届いた。彼女が追い求めていた〝世の中の役に立つ〟、〝成功〟の知らせだ。ちょうどその頃からだよね、拓がカウンターに座って、原稿を書かなくなったのは」

日高はそこで一度、カップをソーサーに戻した。

「陽咲さんの仕事は、自らの足で異国の地を踏み人々と触れ合って、彼らの生活の手助けをすること。そこには確かな手応えがある。でも、小説の場合はどうだろう。ひょっとしたら拓は、ふたつを比べてしまったのかもしれない。仕事の成功や手応えについて、深い思索の森に、迷い込んでしまったのかもしれない」

静かな日高の言葉に、胸に迫るものを感じて、知磨はそっと息を飲んだ。

「作品の売上げが振るわないという困難な状況以上に、拓が小説を書くことの〝理由〟や〝モチベーション〟が、陽咲さんとの過去に深く関わっているのだとしたら？　……ちーちゃん、覚えている？　飾り棚から腕時計がなくなったのも、拓が書かなくなったタイミングと重なるんだよ」

「そう言えばその理由も、まだ分からないままです」

微かに表情を曇らせた知磨の前で、日高はにこりと微笑んだ。

「拓が腕時計を飾り棚に預けた時には交換票がまだなかった、と以前言ったけれど、〝贈り物〟交換のルール自体は、既にあったんだ」

「それじゃあ拓さんは、代わりになにかを受け取っていたんですか？」

日高は珈琲を一口飲んでから、唐突にこんなことを訊いてきた。

「ちーちゃんには、〝贈り物〟のことを英語《えいご》でなんというか、って話、したっけ？」

「は、はい。いつかマスターが教えてくれました。……『ギフト』と『プレゼント』があって、〝今〟や〝現在〟を意味する『プレゼント』のほうが、六分儀の飾り棚に並ぶ〝物語を紡ぐ力〟にふさわしい、って」

「そう。まぁ、僕の個人的な解釈だけどね。ところで、もうひとつの『ギフト』には、〝神様から与えられた特別な能力〟という意味があるんだ」

日高がにこりと微笑んだ。

「拓はあの時計を飾り棚に置くことで、等価交換の『ギフト』として〝物語を紡ぐ力〟を受け取っていた。……こんな風に考えることはできないかな？」

いつものことだが、日高の仮説は、知磨の想像を超えたものだった。

「そして逆に言えば、腕時計を飾り棚から取ったということは、拓はその、作家であるための『ギフト』を神様に返した、つまり、自ら手放したということになる」

「……だから、拓さんは書くのをやめてしまった、ということですか……？」

「全ては僕の仮説に過ぎないさ」

推理を終えた日高に向けて、知磨が静かに口を開いた。

「マスター、こないだ、訊きましたよね」

「うん？」

「『拓さんの小説が好きか』って」

俯き加減の知磨の表情は見えないが、日高は静かに首肯した。

「あの時は混乱してて、上手く答えられませんでしたけど。……今ならちゃんと、言えそうです」

ゆっくりと顔を上げた知磨の表情は、なにかが吹っ切れたような、清々しい色に満ちている。

「ヒットに恵まれないのには、それなりの理由があるんでしょうけど。……私、拓さんの小説が好きです。翔子が、気付かないうちに周りを明るく元気にしてしまう〝お日様〟みたいなところなんて、とくに」

日高が目を細めた。それはまさしく、カフェ六分儀に集う人々が知磨に対して抱く感情と、よく似ていると思ったからだ。

それから知磨は、少し照れくさそうに言った。

「六分儀の面接の時に翔子の名前を借りたのも、それが理由です。……私、きっと、翔子に憧れてるんです」

日高はどこまでも優しい微笑みで、知磨を見守っている。

「もちろん、無からなにかを生み出すっていう、私にはできないことができる拓さんにも、憧れます。だから拓さんには頑張って欲しいし、作品をたくさんの人に読んでもらえたら、嬉しいな、って……、思います」

最後は尻すぼみになったものの、言いたいことを言い切った知磨は、満足げに息を吐いた。

「そっか」

日高は相変わらずの優しい顔のまま、口にしたのはそれだけだった。なにも否定しないし、なにも強制しない。ただ黙って話を聞いてくれた日高の態度が、とてもありがたいものに思えた。

「あの、マスター。……ひとつ、お願いがあるんですけど」

真剣な表情を浮かべる知磨の顔を見て、日高が頷いた。

その日の関東地方は朝から厚い雲が低く垂れ込めていたが、夜半を過ぎる頃から、音もなく雪が降り始めた。

＊

翌日、日曜日。

世界は白く染まっていた。

知磨が東京でひとり暮らしを始めてからはもちろん、この地域としても三十年ぶりというほどの大雪が降ったのだ。家から駅までの道のりは、場所によっては膝丈くらいまで雪が積もっていたが、レインブーツのおかげでなんとか歩き切ることができた。そして幸いにも、知磨が使う私鉄は運行していたので、自由が丘まで来ることができた。

駅前のロータリーから主要な通りまで、全てが白い。銀行やスーパーの店先では雪かきが始まっているところもあった。知磨は大通りを選び、滑らないように慎重に歩を進めながら、カフェ六分儀を目指した。

「ちーちゃん！　大丈夫だったかい？　今日はもう休んでもいいよって、メールしたんだけど……」

ドアを開けると、まだ私服姿の、驚いた顔の日高が出迎えてくれた。タオルを手渡し、ストーブの前に座らせてくれる。知磨は礼を言ってそれを受け取り、レインブーツを脱いだ。

「大丈夫です。電車、動いてましたから」

バッグのなかからスマホを取り出すと、確かに連絡が入っていた。雪道を歩くのに必死で、着信に気付かなかったようだ。

「まぁ、怪我がなくてよかったがな。……こんな有様《ありさま》じゃ、どうせ客なんて来ないぞ」

控え室から出てきた拓は、腕組みをしてぼやいている。

「マスターと拓さんは、どうやって来たんですか？」

「僕は昨日、近くのビジネスホテルに泊まったんだ」

「歩いて来れるからな、俺は」

拓はひとつ隣の、都立大学駅《とりつだいがくえき》の近くに住んでいるらしい。

知磨は困惑顔の日高と拓を見た。それから、窓の外の景色《けしき》を見た。するとなんだか、急に楽しいような気分になってきて、椅子から立ち上がると、元気よく言った。

「じゃあまずは、みんなで雪かきですね！」


適度な雪合戦を織り交ぜた雪かきが終わり、六分儀の店先はなんとか普段の様相を取り戻した。メニューボードを載せたイーゼルの隣に、雪山がふたつと、小振りの雪だるまが三体築かれているのはご愛嬌《あいきょう》だ。

店内の準備も全て終えて、最後にもう一度デッキブラシで店先を綺麗にして、ドアのプレートを『ＯＰＥＮ』にしてから戻ると、ちょうど日高が、生豆の入った木箱を抱えて焙煎室へと向かうところだった。

「今日使う分は、少なめでいいかな」

そう言って笑いながら、日高は店舗に併設されている、物置を改造した焙煎室へと入っていった。知磨はそれを見送ってから、小さくひと息ついた。店内には有線のクラシックチャンネルが流れ、優しく空気を攪拌している。拓は厨房で下ごしらえをしているようだ。知磨はグラスやおしぼり、伝票をチェックしてから、飾り棚をちらりと見た。

『……東京に残って小説を書き続ける拓にとって、いつでもカトマンズの時刻を指しているあの腕時計は、彼女の忘れ形見だった……』

日高の言葉を思い出しながら見つめるのは、文字盤にヒビの入った腕時計があった場所だ。あの時計は今もどこかで、遠い異国で生きる陽咲の時間を、刻んでいるのだろうか。

滲み出してくる思考を追い払うようにして頭を軽く振ると、知磨はカウンターの傍に戻った。そして、各テーブルのチェックをしていると、拓が厨房から出てきた。キャップを取ったので、下ごしらえが終わったということだろう。しかし彼はノートPCを抱えてもいなければ、カウンター右端の指定席に座ることもない。腕組みをして、厨房の入り口に背中をもたせかけただけだ。

「お客さん、来ませんね」

雪かきで身体を動かしたからだろうか。最初のひと言は、気負わずに出すことができた。

「ここは駅から遠いしな」

拓の返答にも、特に気負ったところはない、と知磨には感じられた。

それからいくつかの、他愛のない話をした。やがて話題も尽きかけたが、相変わらず客は現れない。知磨はほとんど思いつきで、気付けばこんなことを口にしていた。

「拓さんは、珈琲を淹れないんですか？」

拓はしばらく呆気に取られたような顔をしていたが、やがていつものニヒルな笑みを浮かべた。

「ばか言うな。日高の仕事だろ、それは」

「もちろん、お客さんに出す珈琲は、そうですけど。……なんて言うのかな、拓さんが淹れた珈琲、飲んでみたいなぁ、って思って」

「なんの脈絡もねぇな」

「思いつきで言ってますから」

「自覚があるのが怖い」

短い、沈黙。

「……それで、淹れてくれないんですか？」

さんざん渋った挙げ句、結局拓はその提案を受け入れてくれたようだ。大げさなため息をつくと、腕組みを解き、カウンターのなかへと向かう。

「日高がうるさいから、あいつ専用の道具は使えん」

そう言って、カウンター下の棚から、知磨も初めて見るサーバとドリッパー、琺瑯引きのドリップポットを取り出して、それらを軽く洗う。器具を乾いた布で拭き終えて、フィルターまでセットを終えると、拓は六分儀ブレンドのガラスケースから豆を計量して取り出し、電動ミルにかけた。粉をフィルターの上に載せてから、沸かしたてのお湯を琺瑯引きのポットに入れて、それを持ち上げたところで、一度動きを止めて知磨を見た。

「言っておくがな。あまり期待するなよ」

肯定も否定もできず、知磨は曖昧な笑みを浮かべた。拓は短く息を吐くと、珈琲粉の上にお湯を落とし始めた。最初の蒸《む》らしを経て、序盤は細くお湯を注ぐ。ファーストドロップを見届けると少しずつお湯の量を増やし、やがて珈琲粉が綺麗に膨らんだ。

「すごい。上手ですね」

嗅ぎ慣れた六分儀ブレンドのアロマが鼻をくすぐる。それなのに、視覚が捉えるのは日高ではなく、シェフ姿の拓がドリップをする光景だ。知磨は、自分の脳が勘違いを起こしているような、不思議な感覚を覚えた。

やがて、白磁のカップに満たされた珈琲が、カウンター席に座る知磨の前に置かれた。

「お前、ミルクと砂糖入れるんだったな」

砂糖壺《つぼ》はカウンターに備えてあるが、ミルクは拓が小振りのピッチャーに入れたものを出してくれた。

「ありがとうございます。いただきます」

砂糖とミルクを入れてかき混ぜた珈琲を、一口味わう。しばらくその余韻《よいん》に浸ってから、知磨は思案顔を浮かべた。

「美味しいけど……、なにか違いますね」

「評論家ヅラするか。ちまいのの分際で」

拓の揶揄はスルーして、考えを巡らせる知磨は、突然閃いた。

「分かった、愛が足りないんだ」

「なっ！……だ、誰がお前みたいな、ちまいのを」

面食らって慌てふためく拓を、知磨は半眼の視線で貫いた。

「拓さん、なに言ってるんですか？〝珈琲に対する〟愛ですよ」

いたたまれない沈黙がやってきた。拓はなにやら口をぱくぱくやっている。

知磨は小さく肩をすくめると、気持ちを落ち着けようと珈琲をもう一口飲んだ。

「うん。でもやっぱり、美味しいです。少なくとも、他のお店で飲むよりは」

「……日高の生豆選びと、焙煎と、ブレンドの賜物《たまもの》だ」

あくまで謙遜《けんそん》して日高の手柄にしようとする拓を見て、知磨はなんだかこそばゆいような気持ちになる。

「『抽出も含めた全ての工程が嚙み合って、一杯の美味しい珈琲になる』って、こないだマスターが言ってましたよ。拓さんはもう少し、自信を持つべきです」

ようやく拓が少し笑い、カウンターの周りの空気が柔らかくなった。壁の向こうからは、日高が動かす焙煎機の稼働音《かどうおん》が、微かに聞こえてくる。

知磨は、カップを静かにソーサーに戻すと、拓の顔をまっすぐに見つめて、こう言った。

「ねぇ、拓さん。飾り棚の腕時計について、マスターの推理、話していいですか？」

拓は面食らったようだったが、知磨の真剣な表情を見て、やがて諦めたように頷いた。

東京とカトマンズの時差について話が及んだあたりで、拓がカウンターを出て、窓の近くまでいった。知磨も話を続けながら、少しだけそちらに歩み寄る。外は相変わらずの雪景色で、熊野神社参道のほうを見遣《みや》っても、人影は見えなかった。

「お前の口から陽咲の名前を聞くことになるとはな……、日高も小夜子も、余計なことばかり吹き込みやがって」

拓は頭痛を堪えるような仕草《しぐさ》とともに小さく毒づいてから、知磨に視線を向ける。

「ちまいの。それでお前は、どうしたいんだ」

いきなり問われて、知磨は答えることができなかった。

「いつもみたいに、文句をつけたいわけか？」

すっと背中を向けてしまった拓の口調はあくまで穏やかだが、微かに尖ったものが混じる。そうではないと否定したい気持ちが溢れ出して、知磨は取り乱した。

「ち、ちがいます」

「だったらなぜ、わざわざそんな話をした」

「それは……」

知磨は口ごもる。拓の背中が、どんどん遠くなるような錯覚に襲われて、わけの分からない焦燥感《しょうそうかん》に支配される。感情のコントロールが、いとも簡単に手から離れる。しかし知磨は、必死でそれを手繰《たぐ》り寄《よ》せた。このまま諦めてしまえば、今までとなにも変わらない。知磨は短く深呼吸すると、拓の背中を見つめる。意を決して、口火を切ろうとした時、拓が先手を打った。

「まぁいい。そんなに昔話が聞きたいなら、してやろう」

どこか挑戦的に言って、拓は振り返って飾り棚を見る。知磨は言葉を失い固まってしまった。

「……今思えば、陽咲は」

拓がどこか遠い目をしながら、語り出した。

「俺の作品になんの興味も持っていなかった」

「どうして、そんなこと」

なんとか声を絞り出した知磨を、拓がちらりと見下ろして言った。

「根拠なく褒めることはあっても、ダメ出しをしなかったからだ」

「でも、そのほうが拓さんだって」

「褒めるのは簡単だ。反対に……、どこかの誰かのように本気で読まなければ、〝ダメ出し〟はできない」

口ごもる知磨をよそに、拓はゆっくりと、飾り棚に歩み寄った。

「書く側にとっちゃ、持ち上げられることは心地よい。だから俺は、なにも考えず胡座《あぐら》をかいた。根拠もなしに肯定されるなんてことが続くはずはないのに、それに思い至らずに」

そして拓は、自嘲的に笑った。

「お前ならきっと言うだろ。俺は褒められると調子に乗って怠けるとか、なんとか」

「え……、っと……」

思い当たる節がなくもない知磨は、曖昧な笑みを浮かべて目を泳がせる。

「癪《しゃく》だが、その通りだった。……周りが見えなくなった俺は自己満足な作品を量産し続け、デビューはますます遠のくばかり。新人賞で一次選考すら突破できない状態が数年は続いた。就職もせずにバイトで食いつないで、投稿だけはなんとか続けた」

一方で陽咲は大学卒業後、次々と職を変え、〝成功〟を目指して邁進していたという話は、知磨も小夜子から聞いていた。

「陽咲さんはどうして……、そんなにも〝自立〟や〝成功〟に、こだわりを？」

遠慮がちに問うと、拓は微かに目を細めて、こんなことを言った。

「さぁな。ただ、小夜子が言うには……、陽咲の母親は古めかしい良妻賢母《りょうさいけんぼ》を絵に描いたような人で、そのことへの反感から……、だそうだ」

もちろん、それが全てではないだろう。陽咲に会ったことがない知磨にとっては、そんな断片的な情報からイメージを膨らませるしかない。それが分かっているからだろうか、拓は敢えて、話を先に進めた。

「沢木に拾われてデビューへの道筋が見えたのが、ちょうど六分儀オープンの年。日高に声をかけられて、今の仕事も始めた。……けれども、その時にはもうとっくに、彼女の意識はこの国の外に向いていた。それから少し後のことだ、彼女が日本を飛び出したのは」

「……拓さんはそれでも、デビューに向けて頑張ったんですね」

飾り棚を見ていた拓は緩慢《かんまん》な動きで、知磨へと視線を戻した。

「陽咲さんの期待に応えようとして。ずっと続けてきた努力の意味を、見失いそうになっても、途中で投げ出さずに。……あの三時間遅れの腕時計は、そんな強い想いの拠《よ》り所《どころ》だったんですね」

拓が、ばかばかしいとでも言うように、短く鼻を鳴らすのが聞こえた。

「あれは単なる戒《いまし》めだ。自分自身への」

「小夜子さんが言ってました。拓さんって本当に……、しつこいんですね」

「……おい、ちまいのお前。せめてもうちょっと、言葉を選べ」

思わず普段通りの反応を返してしまい、我に返った拓は居心地悪そうに腕を組んだ。

「でも、よかったです。拓さんがしつこくて」

「あ?」

知磨はそこで、にっこりと微笑んだ。

「拓さんが作家になっていなければ、私が翔子と出会うこともありませんでしたから」

僅かに目を泳がせてから、拓はそっぽを向いた。

「褒めてるのか、けなしてるのか、どっちだ」

「感謝してるんです」

少しの沈黙を経て、知磨が再び口を開いた。

「拓さんは……、〝世の中の役に立ちたい〟んですか?」

拓の表情には、隠し切れない戸惑いが浮かんでいる。

「私、あれから考えてみたんです。役に立たない作家は自然淘汰される、っていう、拓さんの言葉を」

拓が身じろぎをして、どこかニヒルに笑う。

「売れないもの、ビジネスにならないものに意味はないし、役に立たない。だからこそ、淘汰される。それが正しいし、そうあるべきだ。……でなければ、世の中には今以上に駄作《ださく》が溢れ返って」

「良作か駄作かを決めるのは、ひとりひとりの読者です」

「だとしても、作家としての俺がもう必要とされていないことは、紛れもない事実だ」

強い口調で言った拓から目を逸らさずに、知磨はゆっくりと続けた。

「それが悩みなんだとしたら……、拓さんは勘違いしています」

力を込めた言葉をぶつけると、拓が僅かにあごを引いた。

「怒らないで聞いてください。……私、思うんです。小説も、六分儀の飾り棚も、多分同じなんです」

「……どういうことだ」

「六分儀の飾り棚が〝世の中の役に立っていて、皆から必要とされているか〟と訊かれたら、自信を持って『はい』と言えますか？」

「それは……」

「飾り棚それ自体が、誰かに強く必要とされているわけではありません。〝贈り物〟は誰のものでもないし、誰のものでもあるんです。そんな〝贈り物〟との思いがけない出会いが、人を変えることがあります。その人の人生を、塗り替えることがあります。私たちはそれを何度も、この場所で見てきたはずです」

拓はまだ、知磨がなにを言わんとしているのか、摑みかねている様子だ。

「私、そんな飾り棚がある六分儀で働いていることを誇りに思っています。誰かがこの場所で、かけがえのない希望と巡り合う……、そのお手伝いを、少しだけさせてもらっているんだ、って思えますから」

知磨はそこで一旦《いったん》言葉を切って、さらにゆっくりと先を続けた。

「拓さんの小説だって、同じです。偶然手に取った時にはそのつもりがなくても、勇気づけられたり、生きる力をもらった人が、きっとどこかに……、いるはずです」

微かに揺れる拓の瞳に、新鮮な驚きの色が満ちてゆく。知磨はそれを感じ取って、勢い込んで口を開いた。

「私だって……」

しかし、かすれた言葉はそれ以上形にならず、霧散してしまう。

沈黙のなか、ふたりはしばらく、見つめ合っていた。やがて拓が視線を逸らして、窓の外を見る。知磨もつられて視線を投げると、厚く垂れ込めた雲から、じきに雪が降り始めそうな気配が感じられた。

「ねぇ、拓さん。教えてください」

知磨の声は落ち着きを取り戻していた。

「拓さんが書きたいものって、なんですか？」

彼は言葉を探し、口を開きかけてそれをやめ、小さくかぶりを振る。そしてどこか諦めたような表情で、ぽつりと言った。

「それを簡単に言葉にできれば、苦労はしない」

「……そう、ですよね」

「ありきたりな言葉で……、言い表せないわけじゃない。でもきっとそれは……、言葉で説明しようとすればするほど、本来の姿とはかけ離れていく」

知磨は一度俯いて口ごもったが、意を決したように顔を上げた。

「ごめんなさい。拓さん嫌がるだろうな、と思ったんですけど」

そこで言葉を切って、知磨はエプロンのポケットから、なにかを取り出した。

「私、これを読ませてもらいました」

拓の顔色がさっと変わった。

古びた文庫本のようだが、一般的に本屋に並んでいるものとは装丁《そうてい》が若干異なる。

表紙には『そのときめきを深煎《ふかい》りで』というタイトルが見えた。

それは、拓が高校生の時に作ったという自主制作本だった。

「マスターにお願いして、貸してもらったんです」

拓が、苦虫を嚙み潰したような顔をしている。

「読ませてもらって、思いました。今も昔も拓さんの小説から伝わってくるのは、誰かの〝ひたむきな想い〟なんだな、って」

色あせた表紙をめくり、知磨の目が文字を追う。拓はそれを、じっと見ていた。本を取り上げようとも、背を向けて話を切り上げようとも、しなかった。

彼はただ静かに、こう言った。

「輝きを……、すくい取りたかったんだ。まっすぐココロに響くような強い想いがあれば、行間から光が迸《ほとばし》る。その煌《きら》めきを……、自分の手で作り出してみたかったんだ」

拓が初めて口にした想いを、知磨はゆっくりと飲み込んだ。その胸に、彼の処女作を抱いて。

知磨の顔に、自然と優しい笑みが浮かぶ。

「だからこそ、〝お日様みたいな〟翔子が生まれたんですね」

そして、どちらからともなく視線を動かし、窓の外に広がる雪景色を見た。それから、長い長い沈黙の時間が流れる。

その果てに、拓がぽつりと言った。

「俺は陽咲の言った〝成功〟という言葉に、捕われすぎていたんだな」

「え？」

「売れなければ意味はない。役に立たない作家は潔く筆を折るべきだ。……あのハガキが届いてから、そんな馬鹿なことばかり、考えていた」

「……拓さん」

「きっと、怖かったんだ。確かな手応えが……、欲しかったんだ」

なにひとつ飾らない拓の感情が、ひしひしと伝わってくる。

その時知磨には、彼の背中がひどく小さく見えた。拓が感じていたであろう〝書くことへの絶望と無力感〟を垣間見《かいまみ》た瞬間、知磨はようやく理解した。

この人はなんでもないような顔をしながら、ずっとひとりで、必死に闘《たたか》っていたんだと。いつか参道脇で見た切り株のことを思い出した知磨は、拓に向かって、一歩近づいた。

「手応えがなくて当然です。だって拓さんの作品は、思いがけず誰かに届くんですから。飾り棚に並ぶ〝贈り物〟たちみたいに」

知磨はさらに、拓に歩み寄る。

「暗い海で遭難した船が、進むべき方角を知ることができるのは、そこに星の光があるからです。……たとえそれが、目立たない小さな星であっても」

立ち尽くす拓のすぐ前まで来て、知磨は足を止めた。今やふたりの距離は、手を伸ばせば届く距離だ。

「拓さんは、希望を生み出しているんです。夜空に光る、星みたいな希望を。それができない私から見ると、すごいことなんですよ」

今までで一番長い沈黙が流れ、やがて我に返った知磨が半歩下がって、取り繕うようにして笑った。

「私、拓さんの小説をこれからも読みたいです。たくさんの人に、読んでもらいたいです。……だからこれからも、どんなに生意気でも、素人丸出しの意見でも、全部拓さんにぶつけます」

知磨は拓から目を逸らさない。ついに拓の表情に、どこか気が抜けたような、優しげな風が、ふわりと吹き抜けた。

「相変わらず強気だな、お前は」

「だって私は、拓さんの作品の良き理解者です。優良読者なんですから」

「……自分で言うヤツがあるか」

「自分で言わなきゃ、誰が言ってくれるんですか。拓さんは絶対に認めないでしょう？」

「どうだかな」

「これからもいっぱい、ダメ出しさせてくださいね」

「そこまで清々しい顔で言われると、抵抗する気も失《う》せるな」

「狙い通りです」

思わず知磨がはにかんで、つられるようにして、ようやく拓も少し笑った。それから、観念したかのように肩をすくめる。いつしか彼の瞳には、力強い光が灯《とも》っていた。

「ダメ出しされるためには、新しい作品を書かなきゃ始まらん」

束の間、呆気に取られていた知磨の顔に、喜びの色が広がってゆく。

「……はいっ！」

「とはいえ、だ」

真顔になった拓が、両手を腰に当てて虚空を睨んだ。

「出版できるものを書こうとする以上、現実問題として売上げのことを考えないわけにはいかん」

「そ、そうですね」

「もちろんそれは、俺の仕事だが……」

拓は言葉を切ると、いつもの調子でニヒルに笑い、知磨を見た。

「俺の作品の〝よき理解者〟とやらも、その点、ちゃんと意識しておくように」

「任せてください。必ずや拓さんをこてんぱんにしてみせますから」

「待てい！　目的を取り違えるんじゃないぞ！」

そう言って、ふたりは笑いあった。

そして知磨は目を閉じ、なにかに想いを馳せるように、ゆっくりと深呼吸をひとつした。

瞼《まぶた》を開き、拓を見上げる。

「でも……、これだけは覚えておいてください」

そして、飾り気のない微笑を浮かべた。

「拓さんがどれだけ嫌がっても、私は拓さんの〝味方〟ですから」

窓の外では、いつしか真っ白な、新しい雪が舞い始めていた。

気付けば焙煎機の稼働音もやんでいる。

有線の曲が途切れ、ふたりきりの店内を静寂が通り過ぎた。

やがて拓が、ぽつりと呟く。彼の視線は、知磨が胸に抱いた自主制作本に、まっすぐ注がれていた。

「なぁ、ちまいの」

「はい」

「……ありがとうな」

知磨はくすぐったい気持ちを堪えて、黙って頷いた。

「俺は大事なことを、忘れていたんだな」

ちょうどその時、ドアベルの音とともに、店のドアが開いた。

「いらっしゃいませ！」

驚いて反射的に声を上げた知磨が、直後にぺろりと舌を出した。

「……あ」

「やだなぁ。ちーちゃんと拓、僕のこと、忘れてたでしょう」

苦笑する日高が抱える木箱からは、焙煎の終わった珈琲豆の香ばしいフレグランスが立ち上っていた。

昼近くになって、ようやく客が来店するようになった。時折は常連客の姿もあり、同じ曜日、同じ時間で比べて大体半分くらいの売上げを達成したところで、客足がぱたりと途切れた。「今日はもう仕方がないね」と苦笑する日高に向けて、知磨は背筋を伸ばして進言した。

「マスター、突然ですけど私、〝贈り物〟交換をしたいんです」

「構わないけれど、なにを？」

きょとんとした顔の日高。

飾り棚に近づいた知磨は、淀みない動作で自分の左腕から細い革ベルトの腕時計を外した。

「これを置かせてください」

かつて、文字盤にヒビの入った三時間遅れの腕時計があった場所に、知磨は自分の時計をそっと置いた。それはもちろん、現在の東京の、正しい時間を指し示している。

それから知磨は、厨房の入り口に立つ拓を見た。

「さっき拓さんに、ひとつ、お話しできなかったことがあるんです」

拓がかつて、陽咲の腕時計を飾り棚に置いて、代わりにどんな『ギフト』を受け取ったのか。そして再び時計を取ることで、その『ギフト』を手放してしまったのではないか。そんな日高の仮説を聞かされた拓は、いつも以上の仏頂面を浮かべている。

肯定はしないものの、明確な否定の言葉も返ってこないので、知磨はその先を続けた。

「自分の腕時計の代わりに、私がその『ギフト』を受け取ります」

拓ばかりか、日高までもが、目を見開いた。

知磨はどこかたしなめるような表情と口調で、拓にこう言った。

「いいですか拓さん。六分儀の飾り棚に並ぶ〝贈り物〟は、『ギフト』じゃないんです。『プレゼント』なんです。そして『プレゼント』には、〝今〟や〝現在〟という意味があるんです」

そんなことは知っている、という拓の胸の内も、知磨には分かっている。そのうえで、こう続けた。

「拓さんと陽咲さんの思い出に触れることはできません。それはふたりだけのものですから。……でも私、思うんです。起きてしまった過去は、誰にも変えられません。同じように、これから起きることだって、誰にも分かりません。ただひとつはっきりしていて、自分の力が及ぶのは、いつだって〝今この時〟だけです」

知磨は言葉を切って、飾り棚に置いた腕時計を見た。

「三時間とはいえ〝過去〟を指していた時計の針を、私のお節介《せっかい》で進められたらいいな、って」

「ふぅん。……いいんじゃないかな。僕はちーちゃんのお節介、嫌いじゃないよ。ねえ、拓？」

にっこり笑う日高に、拓は「なぜ俺に振る」と毒づいてから、わざとらしく肩をすくめた。壁から背を離して、カウンターの傍まで歩いてくる。

「まぁ、別に、いいんじゃねぇの。ちまいのらしくて」

「……拓さん？」

「な、なんだよ」

怯んだ拓に向けて、知磨が満面の笑みを浮かべた。

「まさか、私のお節介がこれで終わりだなんて、思ってないですよね？」

拓が、ごくりと息を飲んだ。

知磨は、エプロンのポケットから取り出した物を、カウンターにそっと置いた。

「等価交換で受け取った『ギフト』ですけど。残念ながら私には使えない素敵な〝贈り物〟です。……だから私は、その〝贈り物〟を、こんな『プレゼント』にして、拓さんに渡そうと思います。受け取ってもらえますか？」

それは彼女が、沢木から託された物。

とある中堅出版社が展開するレーベルの、編集者の名刺だった。

＊

それから、数ヶ月の時が流れた。

土曜日の朝、知磨は出勤のため、自由が丘デパートを通って春川珈琲に顔を出した。

「おはようございます、綾香さん。あれ？　今日、純さんは？」

「雑誌の取材だってさ。ったく、エラくなったもんよね。おかげでアタシは、無理言って美容院のシフトずらしてもらって、朝からこっちの店番ってわけ」

ため息をつきながら金髪に指先を絡ませる綾香は、そう言いながらもどこか嬉しそうで、誇らしげだ。

そんな彼女が、明るい表情でカウンターから身を乗り出した。

「ねぇねぇ、ついに今日だよね、桜宮センセイの新刊、発売日！」

その問いに、知磨はこくりと頷いた。

「それにしても、まさかミステリだなんて！　しかも、これまでと全然違うレーベルでしょ？　ちょっと予想外すぎるんだけど！　……なに、ひょっとしてアンタ、なにか知ってたの？」

「えっ？　い、いえ、そういうわけでは、なくもないというか」

明らかに歯切れの悪い様子の知磨だが、興奮気味の綾香はそれ以上追及してこなかった。

「あー、楽しみ！　公式サイトに出てるあらすじ読むだけで、面白そうなんだもん。早く買いにいきたいのに、純のヤツめ！」

期待に胸を膨らませる綾香の様子を見ていると、なんだか自分まで嬉しくなってくるから、不思議だ。それから少しだけ世間話をして、知磨は春川珈琲を出た。

デビューしたレーベルでの当面の刊行が困難になった拓は、知磨の勧めと、沢木からの非公式な説得で、他社の別レーベルから、新刊を出すことになった。

『ライバル社の編集者と引き合わせるなど、通常はまずありえません』と断ったうえで、『……ですが、先生を自社で飼い殺しにすることが、どうしても了承できないのです』と言った沢木の表情には、強い意思が感じられた。

だからこそ拓も、紆余曲折あったものの、最終的には首を縦に振ったのだろう。

新しいレーベルでも、初めは恋愛をテーマにした小説を書くはずだった。しかし企画が難航して座礁《ざしょう》しそうになった時、知磨のアドバイスで、途中から舵を大きく切ったのだった。

とはいえ、知磨が実際にしたことといえば、これまでと変わらず、ただ思うところをストレートに拓にぶつけただけ。どうやらそれを受け止める拓の姿勢が、少しばかり変わったようだ。だからこそ、誰もが予想しなかった着地点において、彼の新作は花開くことになったのだろう。

ヒルサイドストリートに入り、知磨は熊野神社の鳥居をくぐった。参道を歩いて石段を上り、手水舎《ちょうずや》で手を洗ってから拝殿へと進む。

知磨は軽く頭を下げてから、お賽銭《さいせん》を入れて、控えめに鈴を鳴らす。二礼二拍、そして、最後の一礼を終えて一歩下がり、踵を返す。

そのまま進みかけたが、ふとなにかに気付いたように、立ち止まった。

「……まぁ、せっかくだし、ね」

振り返り、もう一度賽銭箱の前まで戻った知磨は、両手を顔の前で合わせて、そっと目を閉じた。心のなかで、穏やかに呟く。

『少しでもたくさんの人が、拓さんの小説と、出会えますように』

ランチタイム明けの、どこかゆったりとした時間。

カフェ六分儀のカウンターには、ヤエさんが座っていた。

日高がその前に、静かにカップを置く。

「どうぞ、六分儀ブレンドです」

漂うアロマを十分に楽しんでから、カップを持ち上げてそれをひと口味う。ヤエさんは目を閉じ、満足げにため息をついた。

「ねぇ、日高さん。教えてくださいな」

「なんでしょう」

「美味しい珈琲を淹れるための秘訣は、なんなのかしら」

日高は優しい表情で頷いた。

「生豆の選定、焙煎、挽き方からドリップまで。ひとつひとつの工程を徹底的に検証し追求することが必要です」

「この一杯には、日高さんのたゆまぬ努力が詰まってますのね」

目を細めたヤエさんが、六分儀ブレンドをもう一度、口に運んだ。

「ですが、もっと大切なことがあります」

「……あら。それは、なにかしら?」

不思議そうな顔をしたヤエさんに向けて口角を上げて笑いかけてから、日高は使い込んだドリップポットを手に取った。

「飲む人のことを想い、惜しみない愛情をもって、その一杯と向き合うことです」

店内に漂うクラシックの音色と珈琲の香りが、カウンターの内と外を優しくつなぐ。

「素敵ですわね」

「なにも珈琲に限ったことではありません。あそこに並ぶ〝贈り物〟たちも……」

日高が壁際の飾り棚に目をやった。

「遠くから眺めるだけでは分からなくても、飾り棚の前に立ってじっくりと向き合うことで、彼らがその身にまとった想いに気付かされることがあります」

ヤエさんがゆっくりと頷いた。

「私たち人間だって、同じですものね」

「ええ。至ってシンプルで、忘れがちなことですけれど」

日高はそこで、一度言葉を切った。

「ごまかすことなく、全力で真剣に向き合えば、きっと相手は応えてくれます」

そして、ドリップポットをそっと元の場所に戻して、店内をゆっくりと眺め回した。

「一杯の珈琲でも、一皿のパスタでも、飾り棚の〝贈り物〟でも構わないんです。この店を訪れた人たちが、そのことにふと気付いてくれたら……、このうえなく嬉しいですね」

ヤエさんが嬉しそうに微笑んだ。

「こんな素敵なお店がすぐ傍にあるなんて、私は幸せ者ね」

そのときドアベルが鳴って、店内に春の風が流れ込む。

「おかえり、ふたりとも」

外から帰ってきた知磨が、書店の袋を持ち上げて、嬉しそうな笑顔を見せた。

「買えましたよマスター。ありがとうございます。……あっ、ヤエさん、いらっしゃいませ！」

「こんにちは。お邪魔してますのよ。……あら拓ちゃん、どうしたの、疲れた顔して」

続けて店内に入った拓がドアを後ろ手に閉めながら、大げさなため息をついた。

「……ったく。なんで俺がお前の買い物に付き合う必要が……。しかも休憩中に」

「私、別に頼んでませんよ？　拓さんは、愛するマスターのご好意を断れなかっただけですよね」

昼休憩を利用して知磨は駅前の本屋に赴き、拓の新刊を購入してきたのだ。もちろん拓は行くつもりなどなかったが、日高に丸め込まれる格好で、なぜか同行することになったのだった。

「だいたい、見本があるとあれほど」

「ですから、私は自分で買いたい派なんです。……それにやっぱり、本屋さんに並んでいるところ、見たいじゃないですか」

「だよねぇ。拓も、行ってきてよかったでしょ？」

楽しそうに言った日高を、拓がどこか恨めしそうな表情で見返した。

「……おかげで、闇討ちにでも遭った気分だよ」

げっそりとした様子で呟く拓を見て、知磨が興奮気味に報告した。

「そうそう！　書店員さんが『桜宮弓弦に注目してる』って仰ってたので、きっとこれからどんどん新作書いてくれますよ、って、宣伝しておきました」

一点の曇りもない知磨の笑顔と、表情が見えないほど暗く淀んでいる拓の顔を見比べて、日高は本屋で繰り広げられたやりとりを想像して、くすりと微笑んだ。

やがて拓が、知磨をひと睨みしてから、手にした包みをカウンターの上に置いた。

日高がそれを受け取る。

「これは？」

「四個入りしかなかった。だから運よく、婆さんのぶんもある」

「ラミルの焼きたてシュークリームがまだ売り切れてなかったから、ここぞとばかりに」

嬉しそうに、知磨が言った。

「じゃあ、グリーンストリートまで行ってきたのね？」

「はい。満開で、とっても綺麗でした」

知磨が笑顔で報告する横で、日高がふと表情を変えて、包みの上からなにかをつまみ上げた。

「まぁ、素敵なお土産だこと」

日高の手のひらをのぞき込んだヤエさんが、微笑む。

そこには、柔らかな春の色をまとった桜の花びらが一枚、そっと乗っていた。

「ちーちゃんと拓のおかげで、六分儀にも春が届いたね」


ここは、東京、自由が丘にある、カフェ六分儀。

ちょっと道に迷った人が、自らの立ち位置を再確認できる場所。

他のなににも代え難い大切なことを……、どんなときでも味方になってくれる誰かのことを……、優しく思い出させてくれる場所。

そして。

飾り棚に並ぶたくさんの〝贈り物〟たちが、ときに人と人とを繋ぐ場所である。

あとがき

こんにちは、中村一《なかむらはじめ》です。本書を手に取って頂き、ありがとうございます。

ココロ・ドリップ二巻、無事にお届けする事ができてほっとしています。東京・自由が丘のとあるカフェでは、今日も女子大生とカフェ店主が仲良く、『ツンヘタレ』なアラサー男子（シェフ兼作家）を弄《いじ》っていることでしょう。

さて、一巻を読んでくださった方はお気づきになるかもしれませんが、今回、各章の話数がちょっと不思議なことになっています。実は諸事情ありまして、ほぼ完成していた一話分の収録を見送ることになりました。（私と編集様の間では〝幻の第二話〟と呼んでいます）

ちなみに幻の第二話は、ココロ・ドリップ三巻に収録予定であり、現在絶賛改稿中です。気になる紅茶な王子も登場する予定ですので、どうぞお楽しみに。

前巻のあとがきで、『これまでの作品は十代の若い人が主人公だったので苦労した』みたいなことを書きました。実は現在、並行して執筆している作品では、懲《こ》りずにまた若い人たちと向き合っています。十代と三十路《みそじ》越えを行ったり来たり、私としてはタイムスリップしているみたいで楽しいのですが、時折ふたつの世界が混ざりそうになって焦ることも。……とはいえ、これは創作の醍醐味《だいごみ》かもしれません。頭のなかの小宇宙に複数の並行世界が展開されていて、自由気ままに登場人物たちと遊べるのです。しかし、決して楽しいことばかりではなく、彼らが言うことを聞かないこともままあり、そもそも彼らがなにを考えているのか分からなくなることも数え切れず、ページは増えず、一方では増えすぎ、想定していた展開から大きくかけ離れ……。

……………ふぅ。

少し目眩《めまい》がするようなので、この話題はこれくらいにしておきましょう。

最後に謝辞を。度重なる改稿作業に根気よく付き合ってくださった湯浅《ゆあさ》様、鈴木《すずき》様。今回も素敵《すてき》なイラストを描いてくださったvient様。執筆の支えとなってくれたツマと子どもたち。そして、本書を手に取ってくださったすべての皆様。

心からお礼申し上げます。ありがとうございました。

二〇一五年二月　　中村　一

中村 一 著作リスト

ココロ・ドリップ　～自由が丘、カフェ六分儀で会いましょう～（メディアワークス文庫）
ココロ・ドリップ2　～自由が丘、カフェ六分儀で会いましょう～（同）
～覚醒遺伝子～　空を継ぐもの（電撃文庫）
～覚醒遺伝子～　めぐりあう鼓動（同）
～覚醒遺伝子～　時かける翼（同）
ちびとも！（同）
ちびとも！その2（同）

本書は書き下ろしです。

メディアワークス文庫

ココロ・ドリップ2

~自由《じゆう》が丘《おか》、カフェ六分儀《ろくぶんぎ》で会《あ》いましょう~

中《なか》村《むら》 一《はじめ》

発行 2015年3月25日 初版発行

発行者 塚田正晃
発行所 株式会社KADOKAWA
〒102-8177 東京都千代田区富士見2-13-3
プロデュース アスキー・メディアワークス
〒102-8584 東京都千代田区富士見1-8-19
電話03-5216-8399(編集)
電話03-3238-1854(営業)
装丁者 渡辺宏一(有限会社ニイナナニイゴオ)
印刷・製本 加藤製版印刷株式会社

Printed in Japan
ISBN978-4-04-865059-5 C0193

メディアワークス文庫 http://mwbunko.com/
株式会社KADOKAWA http://www.kadokawa.co.jp/

本書に対するご意見、ご感想をお寄せください。

あて先
〒102-8584 東京都千代田区富士見1-8-19 アスキー・メディアワークス
メディアワークス文庫編集部
「中村 一先生」係